Алисаның қайғаллығ
Черинде полған чоруқтары

Алисаның қайғаллығ Черинде полған чоруқтары

Alice's Adventures in Wonderland in Shor

Льюис Кэрролл

ҚААСТАЧЫ

Джон Тенниел

ШОР ТИЛИНГЕ КӧЧӰРГЕН:

Любовь Арбачакова

Ном шығарғаны/*Publisher:* Evertype, 19A Corso Street, Dundee, DD2 1DR, Scotland. *www.evertype.com*.

Алисаның қайғаллығ Черинде полган чоруқтары (*Alisanıŋ qauğallığ Çerinde polğan çoruqtarı*). Паштапқы ады/Original title: *Alice's Adventures in Wonderland*. По ныбақты пис Н. М. Демуровтың қазақ тилинге кӧчӱрген сооба кӧчӱрдибис/*This translation was based on the Russian translation by Nina Mikhailovna Demurova*. (Л. Кэрролл. *Алиса в Стране чудес и в Зазеркалье*. Пица для ума. Москва: Издательство «Э», 2016, 608 с.).

Шыныктаачы-чӧп переечи/*Advisory Editor* Виктор Фет/*Victor Fet*

Паштапқы ном шыққаны/*First edition* 2017 г. Reprinted with corrections June 2019.

По номның қаталог пазылары Британдағы библиотеқада полар.
A catalogue record for this book is available from the British Library.

ISBN-10 1-78201-189-7
ISBN-13 978-1-78201-189-7

Гарнитура De Vinne Text, Mona Lisa, ENGRAVERS' ROMAN, пазок *Liberty*. Терген Майкла Эверсона.
Typeset in De Vinne Text, Mona Lisa, ENGRAVERS' ROMAN, *and Liberty by* Michael Everson.

Иллюстрациялар/*Illustrations*: *Джон Тенниел*/John Tenniel, 1876.

Обложка/*Cover*: *Майкл Эверсон*/Michael Everson.

Кӧчӱргеннің кире сӧзӱ

Льюис Кэрролл теп псевдонимы полтур, шын ады тезе Чарлз Латвидж Додсон[1] (1832–1898), ол аттығшаптығ пасчыба анаң пӧгин пичиктиң ӱргедикчизы полуп, Оксфорд теп университеттиң Крайст Черч колледжинде иштептир. Ол колледжтиң ректоразынма—Генри Лидделлгебе маттап чағын арғыштар полтурлар. Қачен Льюис Кэрролл ыларға аймақтап парғанда, Генри Лидделлғаның қыстарынға: пойдаң Алисаба (1852 туген ч.) анаң ааң Лоринебе Эдитке теп улуғ қыс қарындаштарынға маңсайа ныбақтар ызыб-одуртыр. Пир қатнап—1862 чылдың пичен айының 4 кӱннеринде—Кэрроллба ааң арғыжы улуғ (преподобный) Робинсон Дакворт, анаң ӱш қызычақ кебеге одур-келип, суғба тӱжӱп, суғ қажында пикник иштептирлер. Ол чоруқтың теминде Кэрролл пойуңнуң ныбағын, қайде Алиса пир инге кел-тӱжӱп, анаң қайғаллығ Черинде полған чоруқтарын ыларға ыс-пертир. Алиса по Кэрролл чооқтап-перген ныбақты аға пас-перзин теп сураптыр. Че, қанче-қанче тем эрткен соонда

---

1 Льюиса Кэрроллдың шын тӧлӱ қазақ тилбе «Доджсон» теп чозақпа да полза, шын эбес пазылчаттыр. Англияда буква «g» уғулбанчатқанаң аара пис ааң тӧлӱн «Додсон» теп пастыбыс. Ол Кэрролл пойу да тӧлӱн пееде-ок айтчаттыр. – М. Э.

Кэрроллдың ысқан чооғу пазыл-партыр. Ааң соонда Кэрролл аға қоже пазып, полған чооғун арий пашқарақ эт-келип, анаң 1865 ч. ол ном издательствадаң шықтыр. Анаң пеере *Алисаның қайгаллыг Черинде полган чоруқтары* теп ныбақ маттап көп версийлербе пашқа-пашқа қааннардың тиллеринге көчӱрӱл-келип, шықтыр. Слердиң қолунда паштапқы шор тилинге көчӱрген ныбақ.

Шор қалық (тадэрлер)—Сибирьдең таралапчытқан чон-қалығы, пӱӱл Кемер теп турадың черлеринде чатча. Качен 2010 ч. перепись полғанда, 12 888 кижи қалтыр-но. Шор тили хакастың подгруппазының уйгуро-огузтардың груп-пазында (Н. А. Баскаковтың классификациязынма) тюрк тилилеринге кирча.

Шор тили ийги диалектиг (прасспа кондом теп диалек-тары) анаң пашка қанче-қанче чооқтар (говорлар) парда полза, пӱӱлге тööнче ол литературный тил теп полбан-қалды. Парчын шор номнарыба анаң қанче-қанче посо-бийлер[2] прасстың диалегинме пазылған.

Письменностьпа литература XIX ч. пажалтырған, ол темде Алтай миссиязының священниги—В. И. Вербицкий[3] анаң паштапқы шор пасчыба священник И. М. Штыгаш[4]

---

2 Чиспияков, Э. Ф. *Учебник шорского языка: Пособие для преподавателей и студентов* / Çispiiakov, E.F. *Uchebnik shorskogo yaɀyka: Posobie dlia prepodavatelei i studentov* ('A textbook of Shor language for the teachers and students'). Kemerovo: Kemerovskoe knizhnoe izdatel'stvo, 1992. 318c. Чиспияков, Э. Ф. *Графика и орфография шорского языка: Учебное пособие для студентов и преподавателей.* / Çispiiakov, E. F. *Grafika i orfografiia shorskogo iaɀyka: Uchebnoe posobie dlia studentov i prepodavatelei.* ('Graphics and orthography of Shor language: A textbook for the students and teachers'). Kemerovo: Kemerovskoe knizhnoe izdatel'stvo, 1992, 64 pp.

3 Вербицкий В. И. *Словарь алтайского и аладагского наречий тюркского языка.* / Verbitskii, V. I. *Slovar' altaiskogo i aladagskogo narechii tiurkskogo iaɀyka* ('A Dictionary of the Altai and Aladag dialects of the Turkic language'). Kazan', 1884.

4 Штыгашев И. М. *Священная история на шорском наречии для инородцев восточной половины Кузнецкого округа.* / Ştıgaşev, I. M. *Sviashchennaia istoriia na shorskom narechoo dlia inorodtsev vostochnoi poloviny Kuɀnetskogo okruga* ('The Holy Scripture in the Shor dialect for the indigenous people of

пичиктер пасқаннар. 2012 ч. И. Штыгаш кӧчӱрген *Иисус Христостаҥ ӱчӱн чооғаштар (Рассказы об Иисусе Христе)* теп номны Г. В. Қосточақ кичиг класстарда ӱргенчын палыларға литературный сӧстербе пас-перген.

1938 чылдыҥ ала қачен Тағлығ Шор районнары чоқ полпарған соонда литератураба письменность шор тилбе пазылбан-салды. Қазақ тилбе тезе пасчытқаннары: Ф. С. Чиспияков, С. С. Торбоков, С. С. Тотыш[5] 1970 чылға тӧӧнче пасқаннар. 1980 ч. Г. В. Қосточақ пееде пасқан: «...шор қалықтыҥ самосознаниязыныҥ подъемы полду. Ол темнер шор литератураны кӧдӱрерге керек энергия пертир».[6] XX ч. шор тилбе пасчытқан миндиг поэттарба прозаиктер чайалды: Н. Е. Бельчегеш, Г. В. Қосточақ, Л. И. Чульжанова, В.П. Борискин, Т. В. Тудегешева, Л. Н. Арбачакова.[7]

По наа пасчылар пойуҥнуҥ произведенияларын пазып, қазақ пасчылардыҥ кер сӧзӱнме чооғаштарын ас кӧчӱрчалар. 2004 ч. чағыс ле Г. В. Қосточақ Библия кӧчӱрчытқан Институттыҥ проектазынға кирип, шор

---

the eastern part pof the Kuznetsk District'). Kazan', 1883.

5 Чиспияков, Э. Ф. *Кинэ* / Çispiiakov, E. F. *Kiné*. Novokuznetsk, ОАО Novokuznetsk Poligrafkombinat, 2001, 112 pp.; Торбоков С. С. *Шория всюду со мной.* / Torbokov, S. S. *Shoriia vsiudu so mnoi* ('Shoria is always with me'). Kemerovo, 2006, 216c.; Тотыш, С. *Сын тайги* / Totyş, S. *Syn taigi* ('A Son of the Taiga'). Kemerovo: Kemerovskoe knizhnoe izdatel'stvo, 1980, 102 pp.

6 *Литературный портрет Шории: книга для учителя родной (шорской) литературы* / *Literaturnyi portret Shorii: kniga dlia uchitelia rodnoi (shorskoi) literatury* ('A Literary Image of Shoria: A book for teachers of national (Shor) literature.) Kemerovo, 2009, 220 pp.

7 Косточаков, Г. В. / Kostoçakov, G. V. *Я последний шорский поэт / Ia poslednii shorskii poet* ('I am the last Shor poet'). Novokuznetsk: Kuznetskaia krepost', 2003, 200 pp.; Тудегешева, Т. / Tudegeşeva, T. *Небесный полет девятиглазых стрел / Nebesnyi poliot deviatiglazykh strel* ('A heavenly flight of nine-eyed arrows'). Kemerovo, 2007, 192 pp.; Бельчегешев, Н. Е. / Bel'çegeşev, N. E. Небесная Мрас-су / *Nebesnaia Mras-su* ('The Heavenly Mras-su'). Novokuznetsk, 2000, 316 pp.; Арбачакова, Л. Н. / Arbaçakova, L. N. *Онзас черим / Onzas çerim* ('The Thorns of a Soul') (A collection of poems.) Novokuznetsk: Kuznetskaia krepost', 2001, 153 pp.

тилинге Библей номнарын,[8] анаң пашқа А. Пушкиннің, С. Есениннің, Н. Рубцовтиң кер сӧстерин кӧчӱрген. Ээде да полза английлер тилинбе пашқа қааннардың литератууразын по темге тӧӧнче кижи кӧчӱрбен.

Льюиса Кэрролдың *Алисаның қайғаллығ Черинде полған чоруқтарын* (қазақ тилбе Н. М. Демуровтың кӧчӱрген ныбағын) теп ныбағын Л. Н. Арбачакова кӧчӱрген. Ол 1989-1994 чч. Новокузнецк теп институтте шор тилбе литератураның кафедразында ӱргенген. Анда тӱген тилбе прас диалектың литературазынға ӱргеткеннер. Ол пойу тезе кондомның диалектийинге кирчытқан пызас теп (Чылығ-Суғдың) чооғунме чооқташ-чӧрӱп, қачен по ныбақты кӧчӱргенде, қайы-пре сӧстерин пойуңнуң чооғунма пасқан. Чылығ-Суғлардың чооғу чымчақ анаң палатализован теп чоқ (*калеш* лит. орнунға *қалаш*; *уйе* лит. орнунға *уйа*). Анаң пашқа диалектарда пре сӧстер пашқа сӧспе айдылчалар, мине: *ӱге* (дом) лит. орнунға *эм*; *оңна* (знать) лит. орнунға *уңна*; *пойум / пойы* (сам) лит. орнунға *позум / позы*; *индиг* (такой) лит. орнунға *андығ*; *оолстар* (дети) лит. орнунға *оганнар*; *ужун* (из-за; ради) лит. орнунға *ӱчӱн*; *илте* (рукавицы / перчатки) лит. орнунға *тарбақ* и т.п.

Кӧчӱрген ныбақта пашқа қааннуң сӧстери қазақ формазыба, анаң шор аффикстарынма қалған. Қай-презинде пашқа қааннуң черлерибе анаң туралары ээдоқ шор аффикстарыба пазылған: *Австралияда, Наа Зеландияда, Парижтуң столицазы, Римнаның столицазы*; қанче-қанче сӧс шор тилбе пазылбан қалды: *реверанс, Лондон*, анаң пашқа сӧстер.

---

8 *Марк паскан Ак Тилаас / Mark paskan Ak Tilaas* ('The Gospel According to Mark') . Moscow, Institut perevoda Biblii (Bible Translation Institute), 2004, 108 pp.; *Библия для детей /Bibliia dlia detei* ('The Bible for the Children'). Moscow, Institut perevoda Biblii, 2006; *Ыйбан паскан Ак Тилаас / Iyban paskan Ak Tilaas* ('The Gospel According to John'). Moscow, Institut perevoda Biblii, 2011, 207 pp.

Ныбақта тоғышчытқан терминнар ээдоқ қазақ тилбе пазылған: титулар, званийлербе/профессийлер (король/королева); экзотик черлерде ӧскен ағаштарба-ӧлеҥнер, аҥнар-палықтар (омары); қартылардың аттары (валет).

Чылығ-Суғдың чанында қазақ сӧс 'кот/кошка' *машек* теп адалча, прас чаннаң шорлары *кӧшке* теп русизманы алып, айтчалар. КӧчӰрген ныбақта пис *машек* теп тюрк сӧсти артыс-салдыбыс. Презинде қазақ тилбе айт-полбас черинде пис тадер тилбе айт-келип пасқабыс: 'кухарка' *чииш пыжырчытқан қат*, буквально: 'женщина, готовящая еду'; 'зал' *погда қатпаш*, буквально: 'большая комната'.

Ундудыл-парған алындағы сӧстерин пис пашқа чағын қалықтардың (алтайлардың, хакастардың) сӧслӰктеринең алғабыс: 'ёж' *кирпи* теп сӧсти алтайлардың; 'арифметика, математика' *пӧгин пичик*—хақастардың алдыбыс.

Ныбаққа чара кирбенчытқан пашқа қааннардың сӧстеринең орнунға пис шор тилбе кӧчӰрдибис: *қарағатығ* 'смородиновое (варенье)'—*апелсиныг* 'апельсиновое' теп сӧстиң орнунға; сынмаға '*на рябчика*'; индейкеге 'индейку' теп сӧстиң орнунға; қажықтар 'ложки', тарелқалар 'тарелки' теп сӧстиң орнунга; *тегри қур* 'радуга'— 'поднос' теп сӧстиң орнунға; *қатамалар* 'сдобные слойки'—'крендели' теп сӧстиң орнунға; анаң английский тилдең *чарғанаттар*—'летучие мыши' теп сӧсти алдыбыс, ол Н. Демурова 'мошки' теп кӧчӰргеннең орнунға.

Н. Демурованың қазақ чозақтардың аар сӧс ойуннарыңнаң орнунға, пис шор тилге чарапчытқаннарын тапқабыс: *тустаң—тузанчалар* 'от соли становятся сердитыми'; *аштаң—ажынчалар* 'от слабоалкогольного напитка *аш* откровенничают/раскрываются'; *сарғайдаң—сарғайланчалар* 'от саранки—осыпаются'; *тертпектең—тертинчалар* 'от лепёшек – начинают ходить подбирать'; *ӱргедең—ӱргенчалар* 'от супа *ӱрге*—радуются'.

Ааңма пашқа қаламбурларда пис созвучный сӧстер тапқабыс (Х паж.): *...Оңнапчаң ма, қайт аны пақты-маш теп, адапчалар?... —Ол тың кӧп пақтан-чӧрча... апшыйақ алапугачақ чӧрча. Эртенең ала қарааға тӧонче палықтарды алақтырчалар! Анаң пазоқ Шортан палығы кирча—ол парчыларын шортанапча. Анаң қоора полча—ол парчыларын қоруқбодурча... Қамнықты оңнапчаң ма?... —Ылар аны арыштап-келип, амда ол палық пойунга кир полбанча. Ӧтре қамнанб-одурча... '...* Знаешь, почему её называют подкаменщиком?... —Она очень много хвастается...Ходит к ней один старичок окунь. С утра до ночи рыб отвлекает! А ещё Щука забега-ет—так она всех щучит. Бывает и Хариус—этот всех побаивается... Ельца (чебака) знаешь?... Так это они его довели. Никак, бедный, прийти в себя не может. Всё шаманит и шаманит...'

Ол Н. Демуровтың чараш қаламбурларын писке кӧчӱрерге маттап шедик полды: *Прохвост / Про хвост*, ааң орнынға миндиг созвучный сӧстер таптыбыс: *Тубан чооғы* 'рассказ про туман' / *Табан чооғы* 'рассказ про лапки'; пашқа 'поднос / под нос' қаламбурдың орнынға пис пасты-быс: *тегри қур / тере қур* 'радуга / кожаный ремень.'

Анаң пашқа Л. Кэрроллдың сӧс ойуннарын: *pig / fig* (VI паж.) керек шор сӧстерин таптыбыс: *шошқачақ / шошқанақ* 'поросёнок / червячок': «*Сен нооны айттың: шошқачаққа ба чоқ шошқанаққа ба?*» («Как ты сказала: в поросёнка или в червячка?»)

Школьныйдың каламбурлар аразында (IX паж.) Кэрроллдың—Reeling and Writhing ('Наматывались и Извивались') ойун сӧстери миндиглер: Reading and Writing ('Чтение и писание'). Тадəр тилинбе *Қыырарға / Пазарға* ('Читали / Писали') теп сӧстер орнунға пееде пазыл-парды: *Қырларға / Пагларга* ('Строгали / Вязали').

Пӧгӱн пичиктыҥ торт действизы *Қыжылыш, Сыӷыдыш, Қарӷыш, Полуш* ('Шипение, Причитание, Проклятие и Помощь') шын действийлерге *Қожулуш, Шыӷарыш, Қадаш, Пӧлӱш* ('Сложение, Вычитание, Умножение, Деление') чарапча. Каламбурлардыҥ кӧбӱзи пис пӧгӱнген сӧстер; қайзын Н. Демуровтыҥ қазақ сӧстеринеҥ алдыбыс. Кэрроллдыҥ Mystery и Seaography (ойун сӧстерге 'History' и 'Geography') пис пастыбыс *Рифтери / Талайграфия* ('Рифы / Мореграфия'); каламбур *Рифтери* (Рифы) /*Мифтери* (Мифы) Демуровтыҥ алдыбыс. Laughing and Grief ('Смех и Грусть', ойун сӧстерге 'Latin and Greek') пееде пазылыӷ *Драматикеге* и *Қажаҥ пилинге* ('Драматика, знать/понимать шутку'). *Қажаҥ пилинге—Қазақ тилинге* 'русский язык' теп сӧстерге ойун сӧстери.

Кэрроллдыҥ—Drawling, Stretching, Fainting in Coils ('Неверное произношение, Потягивание, Падание в обморок по спирали') теп, эҥне аар ӱш предметары по ойун сӧстеринде 'Drawing, Sketching, Painting in oils' ('Рисование, Графика, Живопись маслом'). Пистиҥ сӧстерибис (*сарӷабыс* 'провеивали, просеивали'; *мӱӱрӱшкебис* 'мычали'; *қайлабыс* 'кайларили, т.е исполняли горловое пение') по ойун сӧстеринге: *сарнабыс* 'пели'; *сӱрӱшкебис* 'догоняли друг друга'; *қаастабыс* 'рисовали' теп сӧстер чарапча.

Кӧчӱрген текстарыбыс кижилердиҥ кӧгнӱнге кирзин теп, пис қайзында алыптыӷ ныбақтардыҥ выраженийлерин алдыбыс. Ӧзе, ылӷапчытқан қарақ чаштарын пис сравнительный оборотпа пазыбыстыбыс: *ақ мончуқ чилеп…* 'слёзы белыми бусинами скатывались'; анаҥ пашқа Королеваныҥ тарынӷан шырайын пис эпический формулаба пастыбыс: *Қаннаҥ қызыл шырайы қара парга кептелча* 'Краснее крови лицо, в черную печень превращается'. Анаҥ чақша сӧс уӷарӷа санапчытқанын миндиг выраженияба пастыбыс: *Чапсақтыҥ кулаӷынга көök қаққанче пилдирди* 'Заждавшимся ушам его показалось, будто кукушка запела'.

Пир төөй сöстерин шор тилбе пасқабыс (*шала-шула* 'чуть-чуть'; *аара-пеере* 'туда-сюда') анаң устойчивый выраженийлер: *қысчағаш ööн позыба тура сегриди* 'девочка тут же подскочила (дословно: сама собою вскочила)'; *улуг обал, улуг кей полча* 'великое горе, великая печаль').

Ийги-ӱш сöстердиң пир действиязынма пазылған ғлағоллары дефистиглер: *тӱш-чадып, азыл-партыр, кöрб-алды, қыырб-аларга* и т.д. Пашқа қартылар ойунунда тоғышчытқан қарта аттары дефиспе-оқ пазылған: *Пеш-қартазы, Четти-қартазы* «Пятёрка, Семёрка».

Анаң ийги-ӱш сöстиг аттарды пис ээдоқ пир сöспе пазыбыстыбыс: *Пызапаш* (букв.: *пыза* `телёнок`; *паш* 'голова'); *Ташпага* (букв.: *таш* 'камень/ каменная'; *пага* 'лягушка'). Пееде по ат Черепаха Квази – *Пызапаш Ташпага* пол-парды; Мартовский (букв.: *кöрӱк ай* 'месяц бурундука') Қозанның ады—*Кöрӱкай Қозан теп*.

Қайзында пирге местоименияларын: *ааң* 'её/его'; *ол* 'он/она; этот/это/тот' шор тилинде пис ол референт местоимениянiң пойуңнуң адалғыныба пасқабыс: Алиса; Шляпник, қыс/қыстың.

Междометный возгластары ээдоқ қазақ тилинбе қалды: ах; уф; бух; кхе-кхе; ой; ох; у-у; ах.

Майкл Эверсонме Виктор Фет чöптеп-перген сöстеринме пис по ныбақты көп чоқ тадэр чозағынға кийдир-келип, пастыбыс. Қачен кичиг палылар по ныбақты қыырза, ол қалық чатқан чозағын пилибалар...

Ээде II-зи пажалықта, кайде Алиса шнақпа эрбектешкен черде, пис В. И. Вербицкий теп пиринчи абыспа миссионерды сағынып, пастыбыс. Ол XIX ч. пистиң черлерге шор қалығын крестереге келип, анаң паза шор тилбе қалықтың фольклоразын көп пазыбысқан: «*Ажа, ол қазақтардың тöлӱ-сööгӱнең шыққан шнақ? Минара Вербицкий теп*

Миссионербе қоже чӱс-келген...» ('Вдруг она русская родом? Приплыла сюда вместе с Миссионером Вербицким...')

III-е пажалықта қайде Шышқанақ улуғ сӧзӱн чооқтап-перген черде, қачен XVII ч. қазақтар келип, пистиҥ қалықты албатқа алған темнеринеҥ ужун чооқты пазыбыстыбыс. Ол темде Қанза Пег теп шор қааны полтур. Ол қазақ шериглерибе шағлаштыр-но: «*Қанза Пег—пистиҥ тадар қааны полган. Ол қазақ қааныба шаглажып, қынаттырып, Прас иштибе тезип шыққан. Ол Прастыҥ иштибе шығып, ӧре Қазас қайазында орта тӱжӱнде қуй пар... Алып полган-но Қанза Пег! Ол қазақ шериглери адын шежб-алып, адыныҥ қузуругунға паглап-келип, сӧртеп салга ал-эндилер. Қанза Пегди ол салба Том теп турага ал-эндилер. Парчын Том тураныҥ қалық поҥ керсезин тапты... Қанза Пегдиҥ оолагы тезе ол теспарган, қазақ қаанга парыбыстыр. Қазақ қааны шаглаттырган кижи полтур, ыларды чадып, улуг алыпқа ӧс-партыр-но...*» («Канза Пег наш шорский хан был. Когда он воевал с русским ханом, теснимый, по реке Мрассу поднимаясь, убегал. По реке Мрассу Казасская скала есть, в середине этой Казасской скалы пещера есть... Богатырём был Канза Пег! Казаки коня Канза Пега отвязали, привязали его к хвосту коня и поволокли. Затем Канза Пега на плоту спускали-спускали—в Томск-город его привезли. Когда в Томск-город привезли, жители всего Томска-города нашли его умным... сын же Канза Пега, убежавший мальчик, к русскому хану пошел. Хан приглядывает за ним, тоже воевавший человек был, у них жил и до великого богатыря-алыпа вырос...»).

Анаҥ пашқа пис *По Омардын ӱнӱ...* ('Это голос Омара') сарын орнунға «*Қартыга қуштуҥ...*» 'Ястреба птицы...' (кӧрар X пажалықта) теп қалықтыҥ сарынынға пародияны пастыбыс. Минде-оқ пажалықта *Иирдагы чииш* «Еда вечерняя» теп сарын орнунға *талгэн* ‘талкан’ теп қарған арыштын тербенге тартып-келип, «*ин оолагаш-тарың Слер маттап тың соғар…*» ‘Лупите своего сынка’ (кöрар VI паж.) теп «*Пала сарын*» орнунға пир купледин *Пай-пай, палымай…* ‘Пай-пай, мое дитя…’ *теп* қалықтын сарындағынаң ал-келип, *пастыбыс*. Минде-оқ пажалықта «*Қайде кичиг крокодилаш Қузрағын шеберлеп-чöрча!*» ‘Как дорожит своим хвостом…’ (II паж.) кер сöсти ‘малютки крокодил’ теп улуғ персонажтың орнунға «*Қайде қызыл кöстиг пегемеш*» ‘краснобровый глухарик’ сöсти тур-салдыбыс.

Қалғанында, Ақ Кроликтиң чалчы адын—Пат/Пэт теп, пис *Чалчы* ‘Наемный работник’ теп тадэр атпа адап-пердибис.

Пистиң российлардың кураторынға—по ныбаққа кöчÿр-чын чöбÿн пас-перген Виктор Феткаға улуғ алғыш ысчабыс. Анаң по "Алиса-150"-теп проектың паштықчыға Джон Линдсеткеге; издательге Майкл Эверсонға; писти таныштырған—С.П.Рожноваға; меең ныбағым қыыр-келип, керек чöптер перген улуғ тюркологқаға И.А. Невскийге ээдоқ алғыш ползун.

Любовь Арбачакова
Междуреченск-Таштагол
Август 2016 г.

Предисловие

Льюис Кэрролл—псевдоним Чарлза Латвиджа Додсона[1] (1832–1898), знаменитого английского писателя и преподавателя математики колледжа Крайст Чёрч в Оксфордском университете. Он был близким другом семьи декана колледжа, Генри Лидделла, и рассказывал сказки юной Алисе (которая родилась в 1852 г.) и ее старшим сестрам Лорине и Эдит. Однажды—4 июля 1862 года—Кэрролл, его друг, преподобный Робинсон Дакворт, и трое девочек отправились на лодочную прогулку и устроили пикник на берегу реки. Во время этой прогулки Кэрролл и рассказал историю о девочке по имени Алиса, которая упала в кроличью норку и ее необычайных приключениях в волшебной стране. Алиса попросила Кэрролла записать для неё эту сказку, и через некоторое время рукопись была готова. Позже к ней были сделаны добавления и исправления, и в 1865 г. была опубликована книга. С тех пор всевозможные версии *Приключений Алисы в Стране чудес* появились на различных языках по

---

1 Настоящая фамилия Льюиса Кэрролла традиционно, но неверно передаётся по-русски как «Доджсон». В английском оригинале буква «g» не произносится, поэтому мы используем написание «Додсон». Именно так сам Кэрролл произносил свою фамилию. – М. Э.

всему миру. Перед вами—первый перевод на шорский язык, один из редких языков Сибири.

Шорцы—малочисленный коренной народ Южной Сибири, проживающий на юге Кемеровской области. По итогам переписи 2010 г. их насчитывалось 12 888 человек. Шорский язык принадлежит к хакасской подгруппе уйгуро-огузской группы тюркских языков по классификации Н. А. Баскакова.

Язык имеет два диалекта (мрасский и кондомский) и несколько говоров, однако до сих пор он окончательно не сложился как литературный. Учебники по родному языку и различные пособия[2] были написаны на основе мрасского диалекта.

Известно, что письменность и литература появились в конце XIX века, благодаря стараниям священника Алтайской духовной миссии В. И. Вербицкого[3] и первого шорского писателя и священника И. М. Штыгашева.[4] В 2012 году шорские тексты рассказов для книги *Иисус Христостаң ӱчӱн чоогаштар (Рассказы об Иисусе Христе)* в

2 Чиспияков, Э. Ф. *Учебник шорского языка: Пособие для преподавателей и студентов* / Çispiiakov, E. F. *Uchebnik shorskogo yazyka: Posobie dlia prepodavatelei i studentov* ('A textbook of Shor language for the teachers and students'). Kemerovo: Kemerovskoe knizhnoe izdatel'stvo, 1992. 318с. Чиспияков, Э. Ф. *Графика и орфография шорского языка: Учебное пособие для студентов и преподавателей.* / Çispiiakov, E. F. *Grafika i orfografiia shorskogo iazyka: Uchebnoe posobie dlia studentov i prepodavatelei.* ('Graphics and orthography of Shor language: A textbook for the students and teachers'). Kemerovo: Kemerovskoe knizhnoe izdatel'stvo, 1992, 64 pp.

3 Вербицкий В. И. *Словарь алтайского и аладагского наречий тюркского языка.* / Verbitskii, V. I. *Slovar' altaiskogo i aladagskogo narechii tiurkskogo iazyka* ('A Dictionary of the Altai and Aladag dialects of the Turkic language'). Kazan', 1884.

4 Штыгашев И. М. *Священная история на шорском наречии для инородцев восточной половины Кузнецкого округа.* / Ştıgaşev, I. M. *Sviashchennaia istoriia na shorskom narechoo dlia inorodtsev vostochnoi poloviny Kuznetskogo okguga* ('The Holy Scripture in the Shor dialect for the indigenous people of the eastern part pof the Kuznetsk District'). Kazan', 1883.

переводе И. Штыгашева были обработаны Г. В. Косточаковым для младшего школьного возраста.

В 1938 году с ликвидацией Горно-Шорского национального района литература и письменность перестали развиваться, но русскоязычные шорские писатели (Ф. С. Чиспияков, С. С. Торбоков, С. С. Тотыш) творили до 1970-х годов.[5] В 1980-е годы, по мнению Г. В. Косточакова, стал проявляться «...подъём национального самосознания шорского народа. Этот подъём дал необходимую энергию для возрождения шорской литературы».[6] В конце XX в. появились талантливые поэты и прозаики, пишущие на шорском и русском языках: Н. Е. Бельчегешев, Г. В. Косточаков, Л. И. Чульжанова, В. П. Борискин, Т. В. Тудегешева, Л. Н. Арбачакова.[7]

К сожалению, современные писатели (кроме Г. В. Косточакова), создавая собственные произведения, редко занимаются переводческой деятельностью. С 2004 года Г. В. Косточаков по заказу Института перевода Библии подготовил на шорском языке серию библейских книг,[8] а

5 Чиспияков, Э. Ф. *Кинэ* / Çispiiakov, E. F. *Kiné*. Novokuznetsk, OAO Novokuznetsk Poligrafkombinat, 2001, 112 pp.; Торбоков С. С. *Шория всюду со мной.* / Torbokov, S. S. *Shoriia vsiudu so mnoi* ('Shoria is always with me'). Kemerovo, 2006, 216с.; Тотыш, С. *Сын тайги* / Totyş, S. *Syn taigi* ('A Son of the Taiga'). Kemerovo: Kemerovskoe knizhnoe izdatel'stvo, 1980, 102 pp.

6 *Литературный портрет Шории: книга для учителя родной (шорской) литературы* / *Literaturnyi portret Shorii: kniga dlia uchitelia rodnoi (shorskoi) literatury* ('A Literary Image of Shoria: A book for teachers of national (Shor) literature.) Kemerovo, 2009, 220 pp.

7 Косточаков, Г. В. / Kostoçakov, G. V. *Я последний шорский поэт* / *Ia poslednii shorskii poet* ('I am the last Shor poet'). Novokuznetsk: Kuznetskaia krepost', 2003, 200 pp.; Тудегешева, Т. / Tudegeşeva, T. *Небесный полет девятиглазых стрел* / *Nebesnyi poliot deviatiglazykh strel* ('A heavenly flight of nine-eyed arrows'). Kemerovo, 2007, 192 pp. ; Бельчегешев, Н. Е. / Bel'çegeşev, N. E. *Небесная Мрас-су* / *Nebesnaia Mras-su* ('The Heavenly Mras-su'). Novokuznetsk, 2000, 316 pp.; Арбачакова, Л. Н. / Arbaçakova, L.N. *Онзас черим* / *Onzas çerim* ('The Thorns of a Soul') (A collection of poems.) Novokuznetsk: Kuznetskaia krepost', 2001, 153 pp.

8 *Марк паскан Ак Тилаас* / *Mark paskan Ak Tilaas* ('The Gospel According to Mark') . Moscow, Institut perevoda Biblii (Bible Translation Institute), 2004,

также перевёл несколько стихов А. Пушкина, С. Есенина, Н. Рубцова. Однако опыта перевода англоязычной или другой иностранной литературы не было.

Перевод сказки Льюиса Кэрролла *Приключения Алисы в стране чудес* на шорский язык сделан на основании русского перевода Н. М. Демуровой. Переводчица, Л. Н. Арбачакова, в 1989–1994 гг. училась в Новокузнецком пединституте на кафедре шорского языка и литературы, где преподавался родной язык, литературный вариант которого основан на мрасском диалекте. Однако, являясь носительницей пызасского (Чилиссу-Анзасского) говора кондомского диалекта, она в работе над переводом текста нередко использовала родную речь, которая, в частности, отличается более палатализованным произношением (*калеш* вместо лит. *қалаш* 'хлеб', *уйе* вместо *уйа* 'гнездо', и т.д.). Кроме этого, в диалектах имеются различия в словарном составе, например: *ӱге* 'дом' вместо лит. *эм*; *оңна* 'знать' вместо *уңна*; *пойум/пойы* 'сам' вместо *позум/позы*; *индиг* 'такой' вместо *андығ*; *оолстар* 'дети' вместо *оганнар*; *ужун* 'из-за; ради' вместо *ӱчӱн*; *илте* 'рукавицы, перчатки' вместо *тарбақ* и т.п.

Иноязычные слова из русского текста в переводе сохранены в основном в их русской форме, но с шорскими аффиксами. В некоторых случаях учтена адаптация их произношения в шорском языке, например, в наименовании зарубежных стран и городов: *Австралияда, Наа Зеландияда, Парижтың столицазы, Римнаның столицазы*; несколько слов осталось без национальной адаптации: *реверанс, Лондон* и др. Без шорской огласовки и аффиксации вошли русские терминологические обозначения, например, титулы, звания/профессии (король/

---

108 pp.; *Библия для детей /Bibliia dlia detei* ('The Bible for the Children'). Moscow, Institut perevoda Biblii, 2006; *Ыйбан паскан Ак Тилаас / Iyban paskan Ak Tilaas* ('The Gospel According to John'). Moscow, Institut perevoda Biblii, 2011, 207 pp.

королева); экзотические растения и фрукты (вишня, апельсин); животные (омары, лососи, крокодил); наименования карт (валет) и т.п. В нашем районе 'кот/кошка' переводится как *машек*, тогда как мрасские шорцы употребляют русизм *кӧшке*. В переводе мы сохранили тюркское слово *машек*.

Иногда русское слово на шорский язык переложить было сложно, поэтому мы трактовали его описательно, например, слово *кухарка* переведено как *чииш пыжырчытқан қат*, букв.: 'женщина, готовящая еду'; *зал поғда қатпаш*, букв.: 'большая комната'. Некоторые утраченные шорские слова были восстановлены из близкородственных языков (алтайского, хакасского), например, для слова 'ёж' мы переняли из алтайского *кирпи*; 'арифметика, математика'—из хакасского, *пӧгин пичик*. Также мы допустили некоторую вольность в переводах отдельных слов, не влияющих на смысл текста: *қарағатыг* 'смородиновое (варенье)' вместо *апелсиныг* 'апельсиновое'; *сынмаға* '[походил вкусом] на рябчика'; вместо *индейкеге* 'на индейку'; *қажықтар* 'ложки' вместо *тарелқалар* 'тарелки'; *тегри қур* 'радуга' вместо 'поднос'; *қатамалар* 'сдобные слойки' вместо 'крендели'. Мы сохранили слово *летучие мыши* оригинального английского текста, *чарганаттар* вместо 'мошки' в переводе Н. Демуровой. В трудных местах перевода с русского языка игры слов, используемой Н. Демуровой, были найдены национальные эквиваленты созвучным словам, например: *тустаӊ—тузанчалар* 'от соли становятся полезными'; *аштаӊ—ажынчалар* 'от слабоалкогольного напитка *аш* откровенничают/ раскрываются'; *сарғайдаӊ—сарғайланчалар* 'от саранки—осыпаются'; *тертпектеӊ—тертинчалар* 'от лепёшек—начинают ходить подбирать'; *ӱргедеӊ—ӱргенчалар* 'от супа *ӱрге*—радуются'.

В каламбурах, связанных с животными, подобраны созвучные сочетания слов в наименовании рыб и их действий (см. гл. X): «…*Оңнапчаң ма, қайт аны пақтымаш теп, адапчалар? Ол тың көп пақтан-чӧрча… апшыйақ алапуғачақ чӧрча. Эртенең ала қарааға тӧонче палықтарды алақтырчалар! Анаң пазоқ Шортан палығы кирча—ол парчыларын шортанапча. Анаң қоора полча—ол парчыларын қоруқбодурча. Қамнықты оңнапчаң ма? Ылар аны арыштап-келип, амда ол палық пойунға кир полбанча. Ӧтре қамнанб-одурча.*» («Знаешь, почему её называют подкаменщиком? Она очень много хвастается… Ходит к ней один старичок окунь. С утра до ночи рыб отвлекает! А ещё Щука забегает—так она всех щучит. Бывает и Хариус—этот всех побаивается. Ельца (чебака) знаешь? Так это они его довели. Никак, бедный, прийти в себя не может. Всё шаманит и шаманит.»).

Сложным оказался перевод удачно подобранного Н. Демуровой каламбура *Прохвост/Про хвост*, нам с трудом удалось подобрать созвучные слова: *Тубан чооғы* 'рассказ про туман' / *Табан чооғы* 'рассказ про лапки'; другой каламбур: *поднос/под нос* передан словами: *тегри қур* / *тере қур* 'радуга / кожаный ремень.' Звуковую игру оригинальных слов *pig* / *fig* (см. гл. VI) удалось заменить шорским: *шошқачақ* / *шошқанақ* 'поросёнок/ червячок': «*Сен нооны айттың: шошқачаққа ба чоқ шошқанаққа ба?*» («Как ты сказала: в поросёнка или в червячка?»)

Среди школьных каламбуров Главы IX у Кэрролла—Reeling and Writhing ('Наматывались и Извивались'), игра слов на Reading and Writing. По-шорски удалось подобрать рифмующуюся пару *Қырларға* и *Пағларға* ('Строгали и Вязали') вместо *Қыырарға* и *Пазарға* ('Читали и Писали').

Четыре действия арифметики переведены *Қыжылыш, Сығыдыш, Қаргыш, Полуш* ('Шипение, Причитание, Проклятие, Помощь'), соответствуя шорским *Қожулуш, Шыгарыш, Қадаш, Пӧлӱш* ('Сложение, Вычитание, Умножение, Деление'). Большинство других каламбуров также придуманы нами; некоторые взяты из русского перевода Демуровой. Вместо Mystery и Seaography Кэрролла (игра слов на 'History' и 'Geography') мы использовали *Рифтери* и *Талайграфия* ('Рифы и Мореграфия'); каламбур *Рифтери* (Рифы)/*Мифтери* (Мифы) заимствован у Демуровой. Laughing and Grief ('Смех и Грусть', игра слов на 'Latin and Greek') переданы как *Драматикеге* и *Қажаӊ пилинге* ('Драматика, Знать/понимать/постигать шутку'). *Қажаӊ пилинге*—игра слов на *Қазақ тилинге* ('Русский язык').

Три самых трудных предмета, перечисленные у Кэрролла—Drawling, Stretching, Fainting in Coils ('Неверное произношение, Потягивание, Падание в обморок по спирали'), представляют собой игру слов на 'Drawing, Sketching, Painting in oils' ('Рисование, Графика, Живопись маслом'). В нашем переводе мы использовали слова: *саргабыс* 'провеивали, просеивали'; *мӱӱрӱшкебис* 'мычали'; *қайлабыс* 'кайларили, т.е. исполняли горловое пение' (игра слов на *сарнабыс* 'пели'; *сӱрӱшкебис* 'догоняли друг друга'; *қаастабыс* 'рисовали').

В некоторых случаях, чтобы разнообразить язык, использовались образные выражения, встречающиеся в самом крупном жанре шорского фольклора—героических сказаниях (*алыптыг ныбақ*). Так, например, описание льющихся слёз главной героини передано сравнительным оборотом: *ақ мончуқ чилеп...* 'слёзы белыми бусинами скатывались'; или в описании гнева Королевы употреблена эпическая формула: *Қаннаӊ қызыл шырайы қара парга кептелча* ('Краснее крови лицо, в чёрную печень превращается'.) При получении приятной вести использовано выражение: *Чапсақтыӊ кулагынга кӧӧк қаққанче пилдирди* ('Заждавшимся ушам его показалось, будто кукушка запела.')

В шорском тексте использованы парные слова (*шала-шула* 'чуть-чуть'; *аара-беере* 'туда-сюда') и устойчивые выражения: *қысчағаш ööн позыба тура сегриди* ('девочка тут же подскочила [дословно: сама собою вскочила]'); *улуг обал, улуг кей полча* ('великое горе, великая печаль'.) Сложные глаголы, состоящие из двух и более слов, описывающие одно действие, написаны через дефис: *туш-чадып, азыл-партыр, кöрб-алды, қыырб-аларга* и т.д. Кроме этого, через дефис написаны наименования карт в карточных играх, например, одушевлённые, действующие в тексте карты («Пятёрка», «Семёрка») в национальном тексте мы написали через дефис: *Пеш-қартазы.*

Отдельные имена персонажей, состоящие из нескольких слов, написаны слитно, например, Mock Turtle (у Демуровой, Черепаха Квази): *Пызапаш* (букв.: *пыза* 'теленок'; *паш* 'голова') *Ташпага* (букв.: *таш* 'камень/каменная'; *пага* 'лягушка'), Мартовский Заяц—*Кöрÿкай* (букв.: *кöрÿк ай* 'месяц бурундука') *Қозан.*

В некоторых местах, чтобы заменить общие местоимения мужского, женского и среднего родов, которым в шорском языке нет соответствий, так как категория рода в местоимениях не выражается (сравните: *ааӊ* 'её/его'; *ол* 'он/она'; этот/это/тот), мы уточняли референт местоимения именем собственным, например, Алиса; Шляпник, қыс/қыстыӊ. Междометные возгласы сохранились без шорской адаптации: ах; уф; бух; гхе-гхе; ой; ох; у-у; ах.

По совету Майкла Эверсона и Виктора Фета мы незначительно «одомашнили» сказку для того, чтобы юный читатель имел представление об истории жизни своего народа. Например, в главе III, в решении Алисы заговорить с Мышонком, мы упомянули первого православного миссионера и священика В. И. Вербицкого, приехавшего в середине XIX века в Горную Шорию с главной целью христианизировать местное население. Однако наряду с этой задачей, он активно собирал материалы по языку и фольклору: «Вдруг он русский родом? Приплыл сюда вместе с Миссионером Вербицким...» («*Ажа, ол қазақ-тардың төлӱ-сööгӱнең шыққан шнақ? Минара Вербицкий теп Миссионербе қоже чӱс-келген...*»)

В главе III историческая «сухая» лекция Мышонка связана с его «шорским происхождением» и посвящена историческому событию XVII века, связанному с началом покорения русскими казаками «инородцев Кузнецкого округа», то есть шорцев. Канза Пег—легендарная личность, который вёл борьбу против этих захватчиков: «Канза Пег наш шорский хан был. Когда он воевал с русским ханом, теснимый, по реке Мрассу поднимаясь, убегал. По реке Мрассу Казасская скала есть, в середине этой Казасской скалы пещера есть... Богатырём был Канза Пег! Казаки коня Канза Пега отвязали, привязали его к хвосту коня и поволокли. Затем Канза Пега на плоту спускали-спускали—в Томск-город его привезли. Когда в Томск-город привезли, жители всего Томска-города нашли его умным... ... сын же Канза Пега, убежавший мальчик, к русскому хану пошел. Хан приглядывает за ним, тоже воевавший человек был, у них жил и до великого богатыря-алыпа вырос...» («*Қанза Пег—пистиң тадар қааны полган. Ол қазақ қааныба шаглажып, қынат-тырып, Прас иштибе тезип шыққан. Ол Прастың иштибе шыгып, öре Қазас қайазында орта тӱжӱнде қуй пар...Алып полган-но Қанза Пег! Ол қазақ шериглери адын шежб-алып, адының қузуругунга паглап-келип, сöртеп салга ал-эндилер. Қанза Пегди ол салба Том теп турага ал-эндилер. Парчын Том тураның қалық поң керсезин тапты... Қанза Пегдиң оолагы тезе ол теспарган, қазақ қаанга парыбыстыр. Қазақ қааны шаглаттырган кижи полтур, ыларды чадып, улуг алыпқа öс-партыр-но…»*)

Кроме этого, мы написали пародию на народную песню «*Қартыга қуштуң…*» ('«Ястреба птицы…'»') (см. гл. X), вместо 'Это голос Омара'; в этой же главе мы обработали песню «Еда вечерняя», где вместо 'Еды вечерней' упоминается 'талкан' *талган*—национальное блюдо из обжаренного и молотого ячменя. Вторая пародия написана на первый куплет колыбельной (см. гл. 6) 'Пай-пай, мое дитя…' *Пай-пай, палымай…* вместо 'Лупите своего сынка'. Мы обработали стихотворение «*How doth the little crocodile*» (у Демуровой «Как дорожит своим хвостом…» (см. гл. II), где главным персонажем вместо 'малютки крокодила' стал 'краснобровый глухарик' «*Қайде қызыл кöстиг пегемеш*». И, наконец, имя слуги Белого Кролика—Пат/Пэт (Pat) мы заменили на шорское *Чалчы* 'Наёмный работник'.

Хочу выразить огромную благодарность координатору российской переводческой группы—Виктору Фету, который упростил задачу переводчиков: проделав сопоставительную работу по английскому и русскому текстам—он составил для нас «Советы к переводу *Алисы в Стране чудес*»; руководителю проекта "Алиса150" Джону Линдсету; издателю Майклу Эверсону; Светлане Павловне Рожновой, которая связала меня с этим проектом; а также крупному учёному-тюркологу И.А. Невской, вычитавшей перевод и сделавшей ряд ценных замечаний.

Любовь Арбачакова
Междуреченск-Таштагол
август 2016 г.

Foreword

$\mathcal{L}$ewis Carroll is the pen-name of Charles Lutwidge Dodgson[1] (1832–1898), a writer of nonsense literature and a mathematician in Christ Church at the University of Oxford in England. He was a close friend of the Liddell family: Henry Liddell had many children and he was the Dean of the College. Carroll used to tell stories to the young Alice (born in 1852) and her two elder sisters, Lorina and Edith. One day—on 4 July 1862—Carroll went with his friend, the Reverend Robinson Duckworth, and the three girls on a boat paddling trip for an afternoon picnic on the banks of a river. On this trip on the river, Carroll told a story about a girl named Alice and her amazing adventures down a rabbit hole. Alice asked him to write the story for her, and in time, the draft manuscript was completed. After rewriting the story, the book was published in 1865, and since that time, various versions of *Alice's Adventures in Wonderland* were released in many various languages. You are now

---

1 Lewis Carroll's real surname in Russian sources is traditionally but incorrectly transliterated as Доджсон (Dodzhson). In English, "g" is silent, therefore in the Evertype editions we use transliteration Додсон (Dodson); this is how Dodgson himself pronounced it. – M. E.

holding the first translation to Shor, one of the rare Siberian languages.

The Shor are a small indigenous ethnic group of southern Siberia living in the south of the Kemerovo Province in Russia. The 2010 census listed 12,888 Shor people. The Shor language belongs to the Khakas subgroup of the Uigur-Oguz group of Turkic languages.

There are two dialects in the Shor language, Mras and Kondoma, as well as several local variants. However, Shor still has not fully developed into a literary language. The existing language textbooks[2] were based on the Mras dialect.

The Shor literacy and literature emerged in the late nineteenth-century through the efforts of Father Vasilii Verbitskii (1827–1890), a Russian Orthodox missionary to the Altai,[3] and Father Ivan Ştıgaşev (1861–1915), also a Russian Orthodox priest and the first native Shor writer.[4] In 2012, Ştıgaşev's translation of the Gospels was adapted for children by G. V. Kostoçakov.

In 1938, the Mountain Shor territorial autonomy was dismantled, and the development of the Shor literature was

---

2 Чиспияков, Э. Ф. *Учебник шорского языка: Пособие для преподавателей и студентов* / Çispiiakov, E. F. *Uchebnik shorskogo yazyka: Posobie dlia prepodavatelei i studentov* ('A textbook of Shor language for the teachers and students'). Kemerovo: Kemerovskoe knizhnoe izdatel'stvo, 1992. 318c. Чиспияков, Э. Ф. *Графика и орфография шорского языка: Учебное пособие для студентов и преподавателей.* / Çispiiakov, E. F. *Grafika i orfografiia shorskogo iazyka: Uchebnoe posobie dlia studentov i prepodavatelei.* ('Graphics and orthography of Shor language: A textbook for the students and teachers'). Kemerovo: Kemerovskoe knizhnoe izdatel'stvo, 1992, 64 pp.

3 Вербицкий В. И. *Словарь алтайского и аладагского наречий тюркского языка.* / Verbitskii, V. I. *Slovar' altaiskogo i aladagskogo narechii tiurkskogo iazyka* ('A Dictionary of the Altai and Aladag dialects of the Turkic language'). Kazan', 1884.

4 Штыгашев И. М. *Священная история на шорском наречии для инородцев восточной половины Кузнецкого округа.* / Ştıgaşev, I. M. *Sviashchennaia istoriia na shorskom narechoo dlia inorodtsev vostochnoi poloviny Kuznetskogo okguga* ('The Holy Scripture in the Shor dialect for the indigenous people of the eastern part pof the Kuznetsk District'). Kazan', 1883.

halted; however, the Shor writers, such as Fëdor Çispiiakov, Stepan Torbokov, and Sofron Totyş, continued to write in Russian until the 1970s.[5]

The 1980s saw "an upheaval of the national self-identification of the Shor people. This upheaval provided the energy needed for the rebirth of the Shor literature."[6] By the end of the twentiety century, a number of talented poets and writers emerged who publish in both Shor and Russian, among them Nikolay Bel′çegeşev, Gennadii Kostoçakov, Liubov′ Çul′janova, Veniamin Boriskin, Taiana Tudegeşeva, and Liubov′ Arbaçakova.[7]

Unfortunately, modern Shor writers rarely translate from other languages. An exception is Gennadii Kostoçakov who since 2004 translated several religious books into Shor for the Bible Translation Institute.[8] He also translated several

5 Чиспияков, Э. Ф. *Кинэ* / Çispiiakov, E.F. *Kiné*. Novokuznetsk, OAO Novo-kuznetsk Poligrafkombinat, 2001, 112 pp.; Торбоков С. С. *Шория всюду со мной.* / Torbokov, S. S. *Shoriia vsiudu so mnoi* ('Shoria is always with me'). Kemerovo, 2006, 216c.; Тотыш, С. *Сын тайги* / Totyş, S. *Syn taigi* ('A Son of the Taiga'). Kemerovo: Kemerovskoe knizhnoe izdatel′stvo, 1980, 102 pp.

6 *Литературный портрет Шории: книга для учителя родной (шорской) литературы* / *Literaturnyi portret Shorii: kniga dlia uchitelia rodnoi (shorskoi) literatury* ('A Literary Image of Shoria: A book for teachers of national (Shor) literature.) Kemerovo, 2009, 220 pp.

7 Косточаков, Г. В. / Kostoçakov, G. V. *Я последний шорский поэт* / *Ia poslednii shorskii poet* ('I am the last Shor poet'). Novokuznetsk: Kuznetskaia krepost′, 2003, 200 pp.; Тудегешева, Т. / Tudegeşeva, T. *Небесный полет девятиглазых стрел* / *Nebesnyi poliot deviatiglazykh strel* ('A heavenly flight of nine-eyed arrows'). Kemerovo, 2007, 192 pp. ; Бельчегешев, Н. Е. / Bel′çegeşev, N. E. Небесная Мрас-су / *Nebesnaia Mras-su* ('The Heavenly Mras-su'). Novokuznetsk, 2000, 316 pp.; Арбачакова, Л. Н. / Arbachakova, L.N. *Онзас черим* / *Onzas çerim* ('The Thorns of a Soul') (A collection of poems.) Novokuznetsk: Kuznetskaia krepost′, 2001, 153 pp.

8 *Марк паскан Ак Тилаас* / *Mark paskan Ak Tilaas* ('The Gospel According to Mark') . Moscow, Institut perevoda Biblii (Bible Translation Institute), 2004, 108 pp.; *Библия для детей* /*Bibliia dlia detei* ('The Bible for the Children'). Moscow, Institut perevoda Biblii, 2006; *Ыйбан паскан Ак Тилаас* / *Iyban paskan Ak Tilaas* ('The Gospel According to John'). Moscow, Institut perevoda Biblii, 2011, 207 pp.

Russian poems by Alexander Pushkin, Sergei Esenin, and Nikolai Rubtsov. However, there have been no translations of any English or other foreign literature into Shor language.

This Shor translation of Lewis Carroll's *Alice's Adventures in Wonderland* is based on the Russian translation of Nina Demurova. In 1989–1994, I studied in the Department of Shor Language and Literature of Novokuznetsk Pedagogical Institute. The literary Shor language taught there was based on the Mras dialect. At the same time, I am a native speaker of the Pızas (Çilissu-Anzass) variant of the Kondoma dialect of Shor. Working on the translation, I often used my native dialect, which is characterized, in particular, by a more palatalized pronunciation, e.g. *калеш* (*kaleş* 'bread') instead of the literary *қалаш* (*qalaş*), *уйе* (*uye* 'nest') instead of *уйа* (*uya*). The two dialects also differ in their vocabulary, e.g. *ӱге* (*üge* 'a house') was used instead of the literary *эм ёт*; *оҥна оӓпа* 'to know' instead of *уҥна иӓпа*; *пойум/пойы роуит/роуı* 'self' instead of *позум/позы розит/розı*; *индиг indig* 'such' instead of *андыг andıǧ*; *оолстар oolstar* 'children' instead of *оганнар oǧannar*; *ужун ижип* 'due to' instead of *ӱчӱн üçün*; *илме ilte* 'gloves, mittens' instead of *тарбаҡ tarbaq*.

Foreign words used in the Russian text were preserved mostly in their Russian form but with Shor affixes; it some cases, a Shor adaptation was used, e.g. in toponyms: *Австралияда Avstraliyada* 'Australia', *Наа Зеландияда* (*Naa Zelandiyada* 'New Zealand'), *Парижтың столицазы Parijtıñ stolitsazı* 'capital of Paris', *Римнаның столицазы* (*Rimnanyn stolitsazy* 'capital of Rome'). Some foreign words were retained without adaptation, e.g. *реверанс* (*reverans* 'a courtsey'), *Лондон London*, etc.

I did not use Shor vocalization or affixation for borrowed Russian terminology such as titles, e.g. *король/королева* (*korol'/koroleva* 'King/Queen'), animals, e.g. *омар* (*omar* 'a lobster'), or card names such as *валет* (*valet* 'Knave'). Domestic cats in our region are called *машек* (*maşek*), while the Mras Shor dialect uses the word *кöшке* (*köşke,* derived from the Russian word *кошка koshka* ('a [female] cat'). In the translation, I retained the Turkic word *машек*.

Sometimes it was difficult to render a Russian word in Shor, and I used a descriptive term, e.g. *кухарка* (*kukharka* 'the Cook') was translated as *чииш пыжырчытқан қат* (*çiiş pıjırçıtqan qat,* literally 'a woman who prepares food'); *зал* (*zal* 'a hall') was translated as *поғда қатпаш* (*poğda qatpaş,* literally 'a big room'). Some words, which are lost or non-existent in Shor, were appropriated from closely related languages such as Altai or Khakas, e.g. for 'hedgehog', I used the Altai word *кирпи* (*kirpi*); and for 'mathematics', the Khakas term *пöгин пичик* (*pögin piçik*). I also took a liberty in localization of some words which do not affect the meaning of the text, e.g. *қарағатығ* (*qarağatığ* 'black currant') instead of *апелсинығ* (*apelsinığ* 'orange [marmalade, jam]'); *сынмаға* (*sınmağa* '[tasted like a] hazel grouse (*Tetrastes bonasia,* a common Siberian game bird)') instead of *индейкеге* (*indeykege* 'turkey'). The 'bats' of the original English text were retained as *чарғанаттар* (*çarğanattar*) while they were replaced by *мошки* (*moshki* 'gnats') in the Russian translation of Nina Demurova.

It was entirely possible to render the important phonetic wordplay *pig / fig* (Chapter VI) as *шошқачақ / шошқанақ* (*şoşqaçaq / şoşqanaq* 'piglet / little worm'): *Сен нооны айттың: шошқачаққа ба чоқ шошқанаққа ба?* (*Sen noonı ayttıñ şoşqaçaqqa ba çok şoşqanaqqa ba?* 'Did you say pig or fig?').

The school puns of Gryphon and Mock Turtle included (for 'Reeling and Writhing'), a rhyming pair *Қырларға* and *Пағларға* (*Qırlarğa* and *Pağlarğa,* 'Woodshaving and Knitting') instead of *Қыырарға* and *Пазарға* (*Qıırarğa* and

Pazarğa, 'Reading and Writing'). The four actions of arithmetic were: *Қыжылыш, Сыгыдыш, Қаргыш, Полуш* (*Qıjılış, Sığıdış, Qargış, Poluş* 'Hissing, Wailing, Cursing, Helping'), which reflects *Қожулуш, Шыгарыш, Қадаш, Пөлүш* (*Qojuluş, Şığarış, Qadaş, Pölüş* 'Addition, Subtraction, Multiplication, Division'). Most other puns were also original, with some words borrowed from Demurova's Russian text. For Carroll's 'Mystery and Seaography', we used *Рифтери* and *Талайграфия* (*Rifteri, Talaygrafia*, 'Reefs, Seaography') where *Рифтери* is a pun on *Мифтери* (*Mifteri* 'Myths'), used by Demurova. 'Laughing and Grief' were rendered as *Драматика, Қажаң пилинге* (*Dramatika, Qajañ pilinge* 'Drama, Understanding Jokes'), punning on *Грамматика, Қазақ тилинге* (*Grammatika, Qazaq tilinge* 'Grammar, Russian Language'.)

For the sequence of three difficult subjects, 'Drawling, Stretching, Fainting in Coils', we chose *саргабыс* (*sarğabıs* 'Threshing'), *мүүрүшкебис* (*müürüşkebis* 'Mooing'), and *қайлабыс* (*qaylabıs* 'Throat-Singing'). These are puns on *сарнабыс* (*sarnabıs* 'Singing'), *сүрүшкебис* (*sürüşkebıs* 'Chasing [each other]'), and *қаастабыс* (*qaastabıs* 'Drawing').

In difficult places employing phonetic puns (Chapter IX) or fish names (Chapter X), I attempted to find local Shor equivalents. In some cases, to make the language of the translation more diverse, I used metaphors that are found in Shor folklore, specifically in epic legends, *алыптыг ныбак* (*alıptığ nıbak*). For instance, I rendered the description of tears Alice sheds through a folkloric *ақ мончуқ чилеп* (*aq monçuq çilep* 'tears rolled down as white beads'). For the enraged Queen, another epic formula was used: *Қаннаң қызыл шырайы қара парга кептелча* (*Qannañ qızıl şirayı, qara parğa keptelça* 'face, redder than blood, turned black as liver'). I used traditional Shor double words such as *шала-*

шула şala-şula 'a little'; *аара-неере* (*aara-peere* 'back and forth') as well as idioms, such as *улуг обал, улуг кей полча* (*uluǧ obal, uluǧ key polça* 'a great woe, a great sorrow'). Complex verbs including more than one word were hyphenated. I also hyphenated the names of playing card characters, e.g. *Пеш-қартазы* (*Peş-qartazı* 'Five').

Taking the advice of Michael Everson and Victor Fet, I have slightly 'domesticated' the text to make young Shor readers more familiar with the history of their people. As Alice addresses the Mouse in Shor (Chapter II), she mentions Father Verbitsky, the first Orthodox Christian missionary who came to Mountain Shoria in mid-nineteenth century. In addition to his religious mission to baptize the Shor people, V. I. Verbitsky also collected linguistic and folkloric material. Alice says: *"Ажа, ол қазақтардың төлӱ-сööгӱнеӊ шықкан шнак? Минара Вербицкий теп Миссионербе қоже чӱс-келген..."* (*"Aja, ol qazaqtardıñ tölü-söögüneñ şıqqan şnaq? Minara Verbitskiy tep Missionerbe qoje çüs-kelgen..."* '"I daresay it's a Russian mouse, come over with the Missionary Verbitsky—"')

In Chapter III, the Mouse's 'dry lecture' is related to its 'Shor identity' and discusses the historical events of the seventeenth century, where the Russian Cossacks began their conquest of the "indigenous people (Russ. *inorodtsy*) of the Kuznetsk Region", i.e. the Shor. Qanza Peg, mentioned in this text, is a legendary warrior who fought the invaders. *"Қанза Пег—пистиӊ тадар қааны полган. Ол қазақ қааныба шаглажып, қынаттырып, Прас иштибе тезип шыққан. Ол Прастыӊ иштибе шыгып, öре Қазас қайазын-да орта тӱжӱнде қуй пар... Алып полган-но Қанза Пег! Ол қазақ шериглери адын шежб-алып, адыныӊ қузуру-гунга наглап-келип, сöртеп салга ал-эндилер. Қанза Пегди ол салба Том теп турага ал-эндилер. Парчын Том тураныӊ қалық поӊ керсезин тапты... Қанза Пегдин оолағы тезе ол теспарган, қазақ қаанга парыбыстыр. Қазақ қааны шаглаттырган кижи полтур, ыларды чадып, улуг алыпқа öс-партыр-но."* ("*Qanza Peg—pistiñ tadar qaanı polğan. Ol qazaq qaanıba şağlajıp, qınattırıp, Pras iştibe tezip şıqkan. Ol Prastıñ iştibe şığır, öre Qazas qayazında orta tüjünde quy par… Alıp polğan-no Qanza Peg! Ol qazaq şerigleri adın şejb-alıp, adınıñ qızuruğunña pağlap-kelip, sörtep salğa al-éndiler. Qanza Pegdi ol salba Tom tep turağa al-éndiler. Parçın Tom turanıñ qalıq poñ kersezin taptı… Qanza Pegdin oolağı teze ol tesparğan, qazaq qaanğa parıbıstır. Qazaq qaanı şağlattırğan kiji poltur, ılardı çadıp, uluğ alıpqa ös-partır-no."* "Qanza Peg was our Shor khan. When he fought the Russian khan, he fell back; up the Mrassu River he was pushed. On the Mrassu River, there is a Qazas Rock, in this Kazas Rock there is a cave… A true warrior was Qanza Peg! The Cossaks took Qanza Peg's horse, tied Kanza Peg to the horse's tail, dragged him down. On a raft they took him, all the way down the river, to the Tomsk Town they brought him. When Qanza Peg was brought to the Tomsk town, all the townfolk saw how clever he was… Qanza Peg's son, a boy who ran away, went to the Russian khan. The Russian khan was also a fighting man, he took the boy under his care; the boy grew up to be a great *alıp*, a great warrior.")

Instead of "*'Tis the voice of the Lobster*" (Chapter X), I wrote a parody of the Shor folk song "*Қартыға қуштуӊ…*" ("*Qartığa quştuñ…*" "'The Hawk-Bird…'"). In the same chapter, I adapted the *"Beautiful Soup"* song to talk about *талгэн* (*talgén*), a Shor ethnic dish made of fried and ground barley. The Duchess's song (Chapter VI) parodies a Shor lullaby "*Пай-пай, палымай*" ("*Pay-pay, palımay*" "'Pai-pai, my baby'"). For "*How doth the little crocodile*" poem (Chapter II), I substituted the little crocodile for a little red-brow capercaillie (*Tetrao urogallus*, another common Siberian game bird): *"Қайде қызыл көстиг пегемеш"* (*"Qaide qızıl köstig pegemeş"*). Finally, the White Rabbit's servant Pat in Shor became *Чалчы* (*Çalçı* 'a hired hand').

I am very grateful to Victor Fet, the coordinator of the translation project for Russia, who made the translation task easier by compiling a set of comparative advisory notes on the English text and Russian translations. I also thank the "Alice150" project leader, Jon Lindseth, the publisher Michael Everson, and Svetlana Pavlovna Rozhnova who connected me to this project. I especially thank a prominent Turkology scholar Irina Anatolievna Nevskaia who read the translation and made a number of valuable comments.

Liubov′ Arbaçakova
Mejdureçensk-Taştagol
August 2016

(translated by Victor Fet)

Алисаның қайғаллығ
Черинде полған чоруқтары

Пичен айдың алтын күн
Маттап чарық чылтрапча.
Күш чоқ пала қолларында
Кебе эшкизи өченишча,
Анаң қазыр суғ ағыжы
Ӱгдең рақ ағып, аппарча.

Ачынмастар! По изиг күнде
Миндиг уйғу темнеринде,
Қачен ийги қарақ ашпан,
Абыр уйғу темнер келгенде
Мен пажымда тутқан ныбақты
Менең чалғанып, суранчызаар.

Анаң пир қысчағы арыштапча
Аны көзе-қара пажап турарға,
Ийгинчизи сурапча: «Сеең
Чооғуң алығарық ползун теп.»
Ӱжүнчүзы тезе писти уғуп,
Чӱс-чӱс қатнап тоқтат-турча.

Қачен шым-шырық полғанда,
Ақтап тӱш темнеринде чилеп,
Ақ қызычақ чымчақ чоруқпа
Ныбақ черлеринме пас-келип,
Алтынғызы черлер алтынында
Мағат артық қайғал небе көрча.

Ақ сағыштарым тоозул-парды—
Паза менең пир сӧс шықпанча.
«Мен слерге сӧзӱмни перчам,
Қалған ныбағым ызып-перерим!»
«*Амоқ* чооқтап-пер!» қыйғырча
Меең пойдаң арғыштарым.

Пазоқ улуғ ныбақ чолларынма
Маңзрыбан, кӧӧчен пас-парчам.
Кӱн қонуш черинге ажарында
Ныбақ шешчин черинге четтим.
Ӱгее нанчабыс. Иир кӱнниң сузу
Кӱн чылтрағын чимчап-салды.

Алиса, қайде кижи кӧрбес черде,
Кичиг пала тӱштерин сен тутчаң,
Қайде пашқачыл чоруқчы кижи
Рақ чер чаккийин шеберлепча,
Ээдоқ сеең шажын ағарғанче,
Пала кӱн ныбақтарын шеберле.

Кроликтиң Иннинме Тöбере

Суғ қажында печезинме одурчытқан Алисаға иш чоқ эриш полубыстыр; ол қай-презинде печези қыырчытқан номға кöрÿбискенде, анда қаастар да, чооқтар да чоқ. «Қачен по номда қаастар да, чооқтар да чоқ полғанда, ааң ноо туза полар?» теп, санапчаттыр Алиса.

Ээде одуруп, ол чаккийлер ÿзÿп, пажынға чаккийектердең тегелек ööрб-аларға санабысты; ааң сағыштары кööчен ээде-пееде ағып, пажында тудулбантырлар—кÿн изийинге ол узарға санабыстыр. Эзе, тегелек ööрб-аларға мағат чақша-но, ааң ла ужун турарым ма? Кенетки ааң эрте қызыл қарақтығ Ақ Кролик чÿгÿрÿбÿсти.

Эзе, ол *солгум небе* эбес-но. По-ла шын, кролик чÿгÿрчат, эрбектенчаттыр: «Ах, қудай абычағым, қудай абычағым! Мен майленчам.» Ол-да Алисаға *най* пашқачыл кöрÿнмеди (таңзынманың ужун ааң соонда пöгÿнÿп, санаптыр, че, уйға тÿшти аға парчын антигле кöрÿнтир.) Қачен кенетки Кролик *жилет изебинең чазын* шығарып, анаң аға көр-келип, қалықтаб-ысқанда, Алиса тура сергибисти. Минде ааң сағажынға кирибисти: алында ол частығ кроликтерди көрбентир, ааңма пирге кескен жилединде изеп! Аны көрерге санап, соонаң чазы пүкпе чүтүр-чат, ол кролик шеден алтындағы инге тай чүтүрүбүскенин олоқ-та көр-қалды.

Алиса қайде аға нандыра шығарға сананман, олоқ озуба ааң соонаң кирибисти.

Ол ин паштап түс, тең ақтап туннель ошқаш, анаң кенетки сандығы төбүнге үзүл, түш-партыр. Алиса ийги қарақтарынма түплеткенче, терең күдүкке чығылып түшти.

Та ол кӱдӱк тыҥ тереҥ полған, та ол пойу най кӧӧчен тӱш-чадып, сағыжынға киринип, анаҥ аара ааҥма ноо полар теп, пӧгӱнм-аларға кӧп тем. Паштап аны алтында ноо қадарчытқанын кӧрерге санаптыр, анда қараашқыдаҥ аара пир-да небе кӧрӱнменчаттыр. Анаҥ ол аара-пеере кӧрӱн-турды; кӱдӱктиҥ пиртелектеринде шқафтарба ном салчытқан полқалар; тигде-минде қастаған небелербе қарталар позуғда азыл-партыр. Пир полқадаҥ әрте учуқчат, пыжырған честектиг банқаны қаб-алды; банқада пазыл-партыр «ҚАРАҒАТЫҒ» теп! Че, анда ээн, небе чоқ полтур. Банқаны Алиса тӧбӱн таштаб-ызарға санап, қай-презин ӧдӱрӱбӱспезин теп, қоруқчаттыр. Анаҥ учуқчат, ол банқаны қайдығ-қайдығ шқафқа суғуб-ыстыр.

«Мине, қайде кел-тӱптим-но!» санабысты Алиса. «Ам кирлестиҥ кел-тӱжерге ақтап қоруқпассым. Пистиглери мени маттап қоруқпас кижи теп, санарлар. Мен ӱге чабығ-даҥ да чығылып-тӱшсем, анда да шийиқтибес эдим.» (Әзе, ажа, ол ээде-оқ полар эди-но!)

Ол темде Алиса кел-тӱжерге тоқтабантыр. *Поҥ ужу чоқ полар че?* «Қанче ле миль мен учуғубустым?» уғулдыра айдыбысты Алиса. «Мен, ажа, орта черге четчам. Тоқта, мен пӱтӱнм-алайын... по тӧрт муҥ миль алтында-но...» Кӧрзеҥ, Алиса индиг небелерди классный уроктарда ӱргенмалтыр, анда алған познанийлеринме пақтанарға тем *келишпен* да полза—аны пир кижи уқпантыр,—ол тудун-полбан-салды. «Че, шын, ол ээде-оқ полар-но», пазоқ айтты Алиса. «Андығ полғанда, мен қайдығ широ-тада, қайдығ долготада полчам?» (Шынап айтсаҥ, ноо ол широтаба долготазын ақтап пилбентир, по сӧстер маттап ааҥ кӧгнӱтинге киртирлер—ылар индиг керек анаҥ улуғ уғулчаттырлар!)

Чӱтче тоқтап-парып, ол пазоқ әрбектенип пажады: «По чарыкта *ӧттӱре* учуқпассым ма? Мине қатқылығ полар! Шықсам—анда кижилер паптарыба тӧбӱнге ассылчалар!

Ноо теп, ыларды адапчалар? Ажа, *Антипатия* теп…» По темде аны пир-да кижи уқпанчытқан ужун, ол иштинде үргүнүбүсти, қайт-қайт ааң сөстери пашқа уғулчаттырлар. «Маға ылардың черлери қайде адалчытқанын, сурабызарға керек: "Чалыбалар, мэм, мен қайдызым? Австралияда ба, чоқ Наа Зеландияда ба?"» Анаң ол қысчақ реверанс иштеп көрди. (Санап ла қөрзең, кел-түшчадып, *реверанс* иштептир? Қайде санапчаң, сен аны иштеп-көргейзиң ме?) «Мэм мени адаңмада қатчы эбес қыс теп санар-но! Чоқ, пир-да кижинең сурабассым! Ажа, пре черде пазылған небе көрүбүзерим!»

Ол темде Алиса келтүжип, түже-түже келгенде, анаң иштечең небе чоқ полғанда—ол арий шым полуп, пазоқ эрбектен-шықты: «Пүүн Динам мени иир тооза тилеп чөрер-но. Мен чоқ аға маттап эриштиг!» (Дина теп машегин адап-чаттырлар.) «Иженчам, ылар орта күнде сүдүчек аға ур-перерге ундутпастар… Ах, Дина, эркечегим, сен мееңме эбестиң ужун маға маттап ачыштығ! Шынап, шышқанақтар мында чоқ, ылам чарғанаттар маттап көп! Машектер чарғанаттарды чиипчалар ба?» Минде ааң қарақтары чабынчытқанын, Алиса сейзибалды. Ол уйға үңме эрбектенибисти: «Машектер чарғанаттарды чиипчалар ба? Машектер чарғанаттарды чиипчалар ба?» Пире-де ааң миндиг сөс шықчаттыр: «Чарғанаттар че машектерди чиипчалар ба?» Алиса пойу паштап та ийгинчи да сурағынға айт-полбан-салып, анаң аара ноо ла эрбектенбиссе, парчын пир полтур. Ол учуқчат уза-пертир; ааң түжүнде Динаба ийгеле қолба тудуш-келип пар-чат, сурап-чаттыр: «Айт-перзаң, Дина, қайы пре темде сен чарғанаттарды чииdiң ма?» Минде адаңмада қорғуштуғ нызырақ уғул-парды—Алиса чардықтарба қуруғ пүр аразынға кел-түш-парды.

Ол ақтап тың шабынбан, қапчый ийги азақтарынға турубусты; анаң қарақтарын өре көдүргени—анда қарашқы, Алисаның алында пашқа коридор шөйүлтыр, ааң ужунда Ақ Кролик көрүн-парды. Пир минут чидирбеске керек теп—Алиса минде-оқ ааң соонаң чүгүрүп-парып, Кролик чол пурулған черде читкенче, Алисаға ааң сөзү уғул-қалды: «Ах, меең сағалақтарым! Ах, меең қулақтарым! Қайде мен пееде майленчам!» Алиса толуқтың кестинге пур-келип, анда Кроликты көререге ижинген қижи, ол пир-да черде чоғул. Қызычақ узақ анаң чабыс қатпашта пол-партыр, анда патлөктиң ламполары пир шийгинге азылып, чар-чаттырлар.

Қатпаш иштинде маттап көп эжиктер, парчазы пектиглер. Алиса паштап пир чанынаң, анаң пашқа чанынаң аш көрди, ажылбан-чытқаннарында, ол қатпашпа парчат, қайде аға мынаң шығыб-аларға теп, сағышқа қал-чаттыр.

Кенетки ол күтениң иштеген ӱш азақтығ тергичекти көрб-алды; анда пир-да небе чоқ, пир ле кичигеш алтын килижек чат-чаттыр. «Ажа, по килиш қай-пре эжигинге чарар» теп, сананды Алиса! Че, та замоқтардың тежиктери улуғ полған, та килиш маттап кичиг полған ма, қанче ле пре эжикти ажыбызарға эткени, пир замоқаға да чарабан-салды. Алиса қатпаш иштийинме ийгинчизин чӧрӱп, алында көрӱнмен кӧжегени көрб-алды, ааң соонда кичигеш он пеш ле дюймалығ эжигеш; Алиса килижекти ол замоктиң тежигинге суғуп, маттап ӱргӱнӱбӱсти, килиш келиш-парды!

Ол эжикти аш-келип, ааң кестинде пир иничек көрб-алды, ақтап тар ин, камӧгешке ле чарар. Алиса тизектеринге тур-салып, көргени—ол ин қайғаллығ қос садқа аны аппарды. Ах, по қара қатпаштың шығып, чарық чайықтығ клумбаларба сооқ фонтан аразынма маттап чӧр-келерге санабысты! Ол кичиг инге пажын да суқ-полбады. «Меең пажым по инге *өткен да* полза,» теп, санапча қайран Алиса, «ааң ноо толқазы! Кемге чарны чоқ паш керек? Ах, чӧӧк мен улаба чилеп, салылбанчам! Нооның пажарға оннаған ла ползам, мен, ажа, иштебизер эдим-но.» Көрзең, по күнде қанче ле қайғаллығ небелердиң ужун, ам аға ақтап пир-да небе иштеп полбассың теп, көрӱнмеди.

Кичиг эжигеш алында одурарға керек чоқ полғаны-бысқанда, Алиса күтен тергиге нан-келди, анда ол пашқа килиш табарға, этпезе қайде улаба чилеп салылчын паштағчы сӧстер қыырб-аларға иженгени; ам ол тергиде тезе пир штобаш туртыр. («Мен чақша оңнапчам, алында ол минде чатпан!» теп, эрбектенди Алиса.) Штобаштың тунчуғажында қаттычақ пағлалыл-партыр, анда поғда қос буқваба пазылтыр: «ИЖИБИС МЕНИ».

Эзе, «Ижибис мени» теп айдарға чақша да полза, керсечек Алиса ол пасқан чӧптерге пӱдӱп уғарға маңзрабантыр. «Паштап маттап көрб-алайын, ол штобашта миндиг пазылған сöс пар ба: „*Оо!*“» теп, айтты. Кöрзең, Алиса қайдығдағы эрке чооғаштар, қайде палылар тирийибе кöйпарча, этпезе ыларды чыш аңнары тудуп, чиипчытқанын қыыртыр-но. Əзе, ааң арғыштары үргеткен теген чозақтардың сооба парарға *санабанчытқаннарда*, ыларба чабал небелер пол-пар-чаттыр. Əзе, қачен қызал-парған изиг кöзени қолунда маттап ӱӱр тутсаң, соонда кöйдирил парча-но; қачен пычақпа падырбажың *тереңарық* кезе шабыссаң, падырбажыңнаң қан ағар; қачен «Оо!» теп пазылған штобаштың сыраңай ижибиссең, саға чақша əбес полар. Қалғанчы чозағын Алиса пажында маттап тың туттыр.

Ол штобашта тезе «Оо!» теп сöс *пазылбантыр*, анаң Алиса штобаштың кöп чоқ иш кöрерге санабысты. Ол ашмағат тамнығ полтур—чер честегинең иштеген кремлиг перекке, ананасқа, қарылған сынмаға, қайақтығ помадқаға, анаң изиг қайақтығ гренкеге тӱрсӱниглер. Алиса аны тӱбӱнге четтире ижибисти.

«Қайдығ пашқачыл небе мееңме полча!» теп, Алиса қыйғырыбысты. «Мен, ажа, улаба чилеп салылчам.»

По шын полтур—ааң өскен сынычағы он ла дюймаға четтир. Ам аға эжигештең қайғаллығ садқа кирерге нӥик полар теп, тың ӱргӱнӱбусти. Паштап ол паза кичиг полбанчытқанын пӱдӱнм-аларға теп, арий қадарб-алды. Ааң ужун ол арий сағышқа қалчаттыр-оқ. «Пееде анаң аара кичиш ползам,» теп, эрбектенди, «мен ақтап чоқ пол-парарым. Свечын чилеп көй-парарым! Қайдығ ла анда мен поларым-но?» Анаң ол көйчытқан свечанын шағының ӱжӱрген соонда, қайде көрӱнча теп, пажында пөгӱнип көрди. Пилингенде, андыг небени ол көрбентир.

Арий қадарб-алып, анаң пир-да небе полбанчытқанын көрӱп, Алиса амоқ садқа шығарға санабысты. Қайран қызычақ! Эжикке парып, көргени алтын килижегин тергиде артыс-салтыр, қачен нандыра келгенде, амды тергиге четпес теп, пилиб-алды. Қысчағаш тергиде чатчыт-қан килишти кӱтеннең өттӱре көртир. Ол кӱген азағынма тергиге шығар эткени, терги азақтары тезе найле тайғақтығлардың ужун, ол пир-да небе иштеп-полбады. Қайран Алисаның кӱжӱ шық-парғанда, ол салтымға одуруп, ылғабысты.

«Че, чедер!» чӱтче тем эрткенде, қадығ ӱнме айдыныб-ысты. «Қарақ чаш төк-келип, обалға полушпассың. Амоқ ылғарға тоқтабыс теп, саға чөптепчам. Ол маң-сайа (айтқан чөбинең соонаң парбан да полза), өтре пойунға чақша чөптер перб-одуртыр. Қай-презинде ол пойун

маттап қазыр сöстербе қарақ чаш шыққанче, чалап-
чаттыр. Пир қатнап чағысқан крокет партийин ойнапчат,
ол алақтырыбстыр, анаң аара ол пойу чӱзӱн шабарға
эттир-но. По қайғал палачақ сыраңай ийги пашқа
қыстарға пöленерге мағат кööленчаттыр-но. «Ам қанче ле
саназаң, ийги қысқа пöленмессиң!» теп, санады қайран
Алиса. «Мени *пир-ле* қысчакқа арий-арий чедер!»

Минде ол терги алдында чатчыған кӱгениң иштеген
кичигеш қарчағашты кöрб-алды. Алиса аны ашқаны—ааң
иштинде перегештиң ӱстӱнде миндиг қос сöс пазыл-
партыр: «ЧИИБИС МЕНИ!»—«Че,» айтты Алиса, «мен
ээде-оқ иштебизерим. Ааң соонда öс-парзам, мен
килижекти алб-аларым, кичигеш ползам, эжик алтынаң
кирерим. Ол садқа кир-парған ла ползам, қайде кирерин,
маға парчын пир!»

Ол перегештин ызырбыс-келип, қоруғарып, эрбектенибисти: «Öсчам ма, чоқ кичиг полчам ма? Öсчам ма, чоқ
кичиг полчам ма?» Ол темде ааңма ноо полчытқанын
кöрерге теп, Алиса қолучағын паш тегеинге салынып,
анаң мöзӱк та, кичиш та полбанычытқанаң аара, маттап
актеқ қалды. Эзе, перекти чиигенде ле, ээде полчан-но,
Алиса по қайғаллығ небелерге эштен-партыр; аға ааң
чадыйы пазоқ антигле пол-парза, эриш анаң алығарық
кöрӱн-чаттыр.

Ол перегешти қада ызырыбыс-келип, кöзе-қара тӱгезе
чиибисти.

Көл Шени Қарақ Чаштары

«Анаң аара пашқачлапча-пашқачлапча!» теп, қыйғырыбысты Алиса. (Таңзылышқанче, қайде чооқтажарға, ол ақтап ундудубыстыр.) «Ам мен улабаға чилеп пӧлен, чӧрчам. Эзенме қаллар, азақтарым!» (По темде Алиса пазоқ азақтарынға кӧрүбүскени, ылар қапчы тӧбүнге шачылчатқаннарын кӧрди. Арий ле полза—ылар ақтап қарақтың чит-парарлар.) «Қайран мееӊ азақтарым! Ам слерге кем ӧдүк кезирт-перер? Кем слерге шулуқпа машмақтар кезирер? Қайран азақтарым, ам мен слерге тӧӧнче четпессим-но. Пис слербе индиг ырақҳыбыс, анаң аара ам маға слерге тем чоқ полар… слерге мен чоқ чадарға керек.» Минде ол пӧгүнүбүсти. «Че, ээде полза, ам ыларба эркежарық полбазаӊ, пашқа чанынға парыбызаарлар,» теп, эрбектенча. «Че, чақша! Кӧлдеге пайрамынға ыларға наа ботинке сыйлап, ызарым.»

Анаң ол наа планар пүдүрип турды. «Маға сыйларымны ысчытқан кижибе ызарға керек,» теп, санады. «Мине, қатқылығ полар! Пойумнуң азақтарымның сыйлары! Анаң адрезы қайдығ пашқачыл!

Алиса-қаанның Оң Азағынга,
Кебе Решётканың чанында
Кебе Кемисчегеш теп сый.
(Кööленчытқан Алисанаң)

Қайдығ чарабас чооқтар айтчам!»

Ол темде пажынма патлöкке урун шабынб-ысты: Алиса тоғус футқа тööнче шöйÿл-парып—ол тергичекти чатчын алтын килижекти қаб-алып, садтың эжигинге чÿтÿр-парды.

Қайран Алиса! Ам ол эжиқти öт-парарбанаң? Қачен сал-тымға чатқанда, пир ле қарағынма садты кöртир. Ол инге кирерге теп ижинижи чоқ полтур. Қызычақ салтымға одур-салып, пазоқ ылғап-шықты.

«Уйетсаң,» чÿтче полған-да, пойунға айтты Алиса. «Индиг поғда қыс (эзе, минде ол шын полтур-но), улғапчазың! Амоқ тоқта-быс, уқчаң ма?» Қарақ чаштары қолучақ чилеп, ақб-одуртыр, ааң айландыра поғда шалчық, пре тöрт дюйм шени терең. Суғ салтым ӱстӱбе ақ-келип, қатпаштың ортазынға чет-партыр.

Чӱтче тем эрткенде, ырақта кичиг азақ тебиртизи уғулды. Алиса көзе-қара қарағын чозубус-келип, қадарбодурды. Ол Ақ Кролик қарча нан-келтир. Ол чазанмалтыр, ааң пир қолунда ийги пара лайқтығ илтегештер, пашқа қолунда—поғда веер полтур. Чӱтӱрчат, ол чуққа эрбектенчаттыр: «Ах, улуғ обал, улуғ кей Герцогиня ноо теп айдаар! Мен керек темде келбен-қалзам, ол маттап *қаныгар*! Ақтап қаныгар!» Алисаға маттап ачыштығ полтур-но, ол кемнең да полуш сурарға эттир. Қачен Кролик аңма теңнеп-парғанда, ол чулте сурабысты: «Сэр, чалаба...» Кролик серкип-туруп, илтектеринме веерын тӱжӱрӱбӱс-келип, кедре шачылып, қарашқыда чит-парды.

Алиса веербе қол илтектерин көдӱрӱбисти; поғда қатпашта изигдең аара ол веербе шабынып, чада-парды. «Чоқ, слер пөгӱнӱп ле көрзаар!» тееди ол. «Қайдығ пӱӱн пашқачыл кӱн! Кечен тезе ааң теген ле кӱн полған! Ажа, мен пӱӱн қаразында пашқалап-пардым?» Амоқ мен пөгӱнмалайын: қачен пӱӱн эртен турғанымда, *мен* ме чоқ *мен* эбессим ме? Сағышқа киргемде арий пашқарақ көрӱнгем! Өткенде пойум полбамда, кем пол-пардым-но? Мине табышқақтардың табышқағы!» Анаң Алиса ааңма пир чаштығ таныш қыстарын пөгӱн-турды. Ажа, мен ылардың қай-презинге қубул-пардым?

«Ээде да полза, мен Ада эбессим!» тееди ол. «Ааң шаштары локонға оралча, меең тезе оралбанчалар! Эзе, мен Мейбл эбессим-оқ. Мен индиг көп небе оңнапчам, ол ақтап пир-да небе пилбенча! Че, анаң ол —*ол пойу* полча, *мен* тезе—мен! Қайде тооза пилгедиг эбес! Че, пилген небелерим пажымда қалды ба, аны көрейин. Че, эткенде: пештең төрткеге—он ийги полар, алтынаң төрт қада—он ӱш, четтинең төрт қада... Чоқ, пееде мен чегирбеге да четпессим! Че, таблица умножениязынаң-но— пир-да небе айт-полбассың! Географияны пөгӱн-көрейин! Лондон теп тура—Парижтың столицазы, Париж—Римнің столи-цазы, Рим тезе... Чоқ, парчын ээде эбес, ақтап шын эбес! Ажа, мен Мейбл пол-пардым... Қыыр көрейин по кер сөсти „*Қайде қызыл көстиг...*"» Ол қолларын ақтап урокта чилеп, тизектеринге сал-салып, пажап-турды. Ааң ӱнӱ тезе пашқачыларық, анаң қарықтығарақ уғул-парды, пашқа сөстер айдып-турды:—

«Қайде қызыл көстиг пегемеш
Арғыштарынма ойнап-чӧрча!
Кӱрлеп, қузуқ пажынаң қуйбурып,
Ол чер ӱстӱнде серкиш сергипча!

Қайде ала-сырлығ қузрағынме
Ол аара-пеере қыйбратча!
Чайық часқы темнеринде
Сын тегеинде сарна, узабысча!»

«Ақтап пашқа сӧстер!» тееди қайран Алиса, анаң ааң қарақтары пазоқ қарақ чаштырынба толдурул-парды. «Ӧткенде, мен Мейбл поларым-но! Ам мен по қыза ӱгечекте чадарым-но. Минде меең ойунчақтар ақтап полбас! Антебе уроктардың ужун таппан ӱргеннерге керек. Че, ээде полза, пееде тооланапчам: мен Мейбл ползам, по чажынға минде чат-қаларым. Анаң меең сооба келип, паштарын тӧбӱнге ас-келип, қыыйғырзыннар: „Эркечегибис, пискеге шық!" Мен ыларға кӧрӱп ле, айдарым: „Паштап маға айт-перар, кем мен! Ааң соонда кӧгнӱм четсе шығарым, кӧгнӱм четпезе, пашқа киже пол-парғамче минде чат-қаларым!"» Минде ааң қарақ чаштары ақ мончуқ чилеп, пазоқ тоғлан-тӱштилер. «Чӧӧк меең сооба пир-да кижи *келбенча?* Маға чағысқан одурарға найле эриштиг!»

Ээде айт-келип, Алиса тӧбӱн кӧрӱп, таңзыныбысты, ол эрбектенчат, пир қолунға кичиг Кроликтин илтегежин кезб-алтыр. «Қайде пееде *пол-парды?»* санабысты ол. «Ажа, мен пазоқ кичиг полчам.» Анаң Алиса ааң сыны қай шени ӧскенин кӧрерге теп, тур-келип, тергизара пас-парды. Кӧргенде, ааң сыны ийги ле фут шени, анаң аара ол қапчый кичигеш пол-чаттыр-но; чӱтче ле ол веердин ужун индиг кичиг полчытқанын пилиб-алып, миндоқ аны салтымға шелибисти. Ол чақша иштебистир—этпезе ақтап чоқ пол-парар эди!

«Айтла *тириг қалдым*!» кенетки пашқалапчаның ужун қоруққан озуба, тириг қалғанынға ӱргӱнӱп, айтты Алиса. «Ам маға садқаға керек!» Ээде айт-келип, эжигешке чӱтӱр-парғаны, анда че! эжик пазоқ пеқтиг, ол алтын килижек кӱген тергидоқ чат-қалтыр. «Темнең темге ниик эбес!» теп, санады қайран Алиса. «Индиг кичигеш мен пир-да полбадым! Меең керектерим чабал! Адаңның ачыйы, энеңниң коккуйу…»

Минде ол тайлық-парып, анаң—бух! суғға шөк-парды. Ол тустығ суғ Алисаның эгинге ле четтир. Қайт ол пееде талайға тӱш-парды теп, санаптыр-но. «Өткенде,» теп, ол пөгӱнди, «мынаң тебир да чолба парарға чарар.» (Алиса пир ле қада талай черлеринде полуп, анаң аара анда парчын тең теп, санаптыр: талайда—чӱзерге қабинқалар пар, талай қажында—палылар ағаш кӱрчегештербе өрге-лер турғусчалар; анаң пансионарлар, ылардың кестинде— тебир чолдың туруны.) Көзе-қара тоғус фут сынныг пол-ғанда улғаған қарақ чаштарынға кел-тӱшкенин, ол пилиб-алды.

«Ах, нööрÿк мен индиг көп улғадым-но!» теп, санады Алиса, анаң эбире чÿсчат, талай қажын таб-аларға санаптыр. «Эзе, қачен мен поймнуң қарақ чажымға шöк-парзам, ол маттап *пашқачыл* полар-но! Че, пуÿн парчын пашқачыл-но!»

Минде ол суғ шайқылыжын уғуб-алып, кем чÿсчытқанын көрб-аларға, анаара чÿс-парды. Паштап моржпа гиппо-потам полар теп, санаптыр Алиса, че, анаң ол ақтап кии-чиш пол-парғанын сағыжынға кирибисти, анаң шынықтап көргени, шышқанақты ла көрб-алды, ол ээдоқ суғға шöк-партыр.

«Чооқтажарға ба, чоқ чооқташпасқа?» теп, санады Алиса. «Пÿÿн индиг таңзалығ кÿн, ажа ол ээдоқ эрбек-тежерге оңнапча! Че, қайды да полза, чооқташ көрейин!» Алиса пажап турды: «О шышқанақ! Маға қайде по шалчықтың шығаб-аларға, сен пилчаң ма? Мен минде чÿзерге арыштан-пардым, о Шышқанақ!» (Парчазылары шышқанақтарба пееде ле чооқташчар теп, санаптыр Алиса. Алында ээде иштибен да полза, ол ачазының номында пазылған латин грамматиқазын пöгÿнÿб-алды: «Адалғы—шышқан, тартылғы—шышқанақтың, перил-ги—шышқанаққа, көрÿмги—шышқанақты, қырылғы—о шышқан!») Ол шышқан аға чақшарақ кöр-келип, пир сöс айтпан, кичиг қарағаштарынма нийибисти.

«Ажа, ол қазақтардың тöлÿ-сööгÿнең шыққан шнақ? Минара Вербицкий теп миссионербе қоже чÿс-келген...» (Алиса оңнапчытқан историяларба пақтанған да полза, ол пойу тезе қачен темнерде ноо полғанын чақша да оңнабан-тыр.) Анаң қызычақ пазоқ пажап турды: «Где моя кошка?» (По айтқан сöстер қазақ тилдиң грамматика-зында эңни паштапқыда туртыр. Шышқанақ суғдың шыға шачылып, анаң қоруққан озуба, пырлашчаттыр.) «Чала-ба!» көрÿп, қайде ол қайран аңнычақты тарындырыбысты, қапчығай айдыбысты Алиса. «Слер машектерди кööлен-менчытқаннарын, ундут-салтырым.»

«Мен машектерди кööленменчам?» қысқырыбысты Шышқан. *Сен* че меең орнумда полған ползаң, кööленер эдиң ма?»

«Чоқ полар-но,» теп, Алиса аны тоқтатты. «Тарынмы-лар, Шышқан, сенең чалған суранчам! Саға пистиң Дина-ны кöргÿспестең ужун, ачынчам. Мен санапчам, сен аны кöрген ле ползаң, парчын машектерди кööленер эдиң. Ол индиг эрке, абыр,» тус суғда арғастана чÿсчат, пöгÿнм-алып, айтты Алиса. «Қамин алында одур-салып, мырлап, ол чÿзÿнче. Ол индиг чымчаш, аны сийб-аларға ла санап-чам! Анаң қайде ол шышқаннарды тутча!… Ах, тарын-мылар! тарынмылар, чақшылап!» Шышқанақтың тÿгÿ тарбайлан-парғанда—ааң тынычағынға тööнче сöгÿбÿс-кенин, Алиса пилиб-алды. «Саға аны уғарға чабал ползa, паза чооқташпассыбыс,» теп, айтты Алиса.

«Пис пе?» теп, шышқанақ қысқырыбысты, ол пажыңнаң ла қала қузурағынға тööнче тырлаш-чаттыр. «Сен санаң-да, по чооқты мен пажап турғам! Пистиңлери ада чашқа машектерди *кööленменгеннер.* Индиг кирлиглер, чабал тварлер! Уғарға да санабанчам!»

«Чақша, чақша!» пашқа сöске кирерге санап, ынады Алиса. «Слер тезе… айдайларды… слер қынчазаар ба?» Шышқанақ шым полбысты. «Пистиң қоштаа индиг эрке адайақ чатча!» ÿргÿнÿп, айтты Алиса. «Мен мағат слерде таныштырб-аларға санапчам! Кичиг терьер! Ааң қарақтары чылтырақ, тÿктери кÿрең, узун анаң тоғлақтар! Аға пирее небе таштабыссаң, ол чÿтче ле қарча аккели-бисча, анаң соонда азақтарынға одур-салып, сööгежек перзиннер теп, суранча! Ноо ла ползa, ол иштебисча—ам парчаны пилбессиң! Ааң ээзи фермер, ол айтқан: по адайақтың паазы чоқ теп! Ол парчын қамöктерди пистиң айландыра тут-салған, анаң парчын шышқ… Ах, қудай абычақ!» қунан-келип, эрбектенибисти Алиса. «Көргемде, пазоқ сени тарындырбыстым!» Шышқанақ қанче ле полған күжүчегинме анаң аара чӱс-парғанда, сӱг ле ӱстӱ толғул-парды.

«Шышқанақ, эркечек!» эрке ӱнме ааң сооба қыйғырыбысты Алиса. «Қарча айлан теп, чалғанчам. Адайларба машектерди сен қынманчытқанда, мен паза ылардың ужун пир сӧс айтпассым!» Аны уғуп, Шышқанақ пурул-келип, кенгерек қарча чӱс-парды. Ол ақтап ағар-партыр. («Ээде қанығып!» теп, санады Алиса). «Суғ қажынға шықса-быс,—айтты шымчан, тырлашчытқан ӱнӱнме Шышқа-нақ,—мен саға пойумнуң чооғум айт-перерим. Анаң сен пилерзин, қайт мен машектербе адайларды қынманчам.»

Че, ыларға шығараға керек. Ол шалчағашты кел-тӱшкен қуштарба аңнар аразында тар полб-одурчаттыр. Анда Робин Қас, Додо, Лори Попуғайчик, Эд Қара қушчақ анаң да пашқа қайғаллығ тириг небелер полтур. Алиса паштап чӱс-парды, ааң сооба ӧскелери ээдоқ суғ қажынғ-оқ чӱстилер.

Эбир Чӱгӱрешпе Узақ Чооқ

Суғ қажында чыылышқан аң-қуштардың кӧрӱтилери чақша эбестер: қуштардың чӱтлери тарбайыш-партырлар, аңнычақтардың тӱктери ӧттӱре ӧлел-партыр. Суғ ылардың мончуқ шени тоғланыш-тӱштур, парчыларынға сооқ, эштиг эбес полтур.

Эзе, ам ыларға паштап қур-парарға керектиң аара, чӧпке киртирлер. Қанче-қанче минут эрткенде, Алиса ыларды ада-чашқа пилчитқан чилеп, ээде эрбектеш-чаттыр. Қачен Лори Попуғайба талажыбысқанда, ол тарынып, пирле сӧс айтчаттыр: «Мен сенең улуйуғзым, ноо иштерге сенең артық оңнапчам!» Алиса қанче ол чаштығ полчытқанын айт-перзин теп, сурағанда, Попуғайчик пирда айдарға ынабан салды; минде ылардың тартыштары тоозыбыстыр.

Қалғанында парчазы улуғлап кӧрген Шышқанақ қыйғырыбысты: «Одурар, парчыларын одур-келип, уғар. Слер ам *чӱтче ле* қур-параразаар!» Парчазы эбире одур-салдылар, Шышқанақ тезе ортазынға тур-салды. Алиса ааң қарағын албан көр-чаттыр—Шышқанақ минде-оқ қур-парбазы, маттап ағрар теп, санаб-одуртыр.

«Гхе-гхе!» Шышқанақ улуғ көрүкпе чедирбисти: «Мен оңнапчытқан небенең, по эңне қуруғ небе-но. Че, уғб-алар мени! „Қанза Пег—пистиң тадар қааны полған. Ол қазақ қааныба шағлажып, қынаттырып, Прас иштибе тезип шыққан. Ол Прастың иштибе шығып, өре Қазас қайазында орта түжүнде қуй пар...“»

«Ух!» паштың қала азаққа төөнче силгинип, Лори көөчен айдыбысты.

«Чалабалар?» тарынып сурады Шышқанақ анаң, чобаш үнме айтты: «Слер көргемде, маға ноо-ноо теп айдыбыстар ба?»

«Чоқ, чоқ», қапчы айдыбысты Лори.

«Эткенде маға көрүн-парды,» тееди Шышқанақ. «Че, мен анаң аара чооқтапчам: „Алып полған-но Қанза Пег! Ол қазақ шериглери адын шежб-алып, адының қузуруғунға пағлап-келип, сөртеп салға ал-эндилер. Қанза Пегди ол салба Том теп тураға ал-эндилер. Парчын Том тураның қалық поң керсезин тапты...“».

«*Нооны* ол тапты?» сурады Робин Қас.

«*...поны* тапты,» айтты Шышқанақ. «Сен ол ноо полар „по“ оңнабанчаң ма?»

«Қайт аны оңнабасқа,» айтты Робин Қас. «Қачен мен пирее небе тапқамда, ол паға этпезе қурт полча. Сурағымно миндиг, ол Том нооны таптыр?»

Шышқанақ аға айтпан-салып, маңзырап қыырыб-оқ парды: «„...поң керсезин табып, соонда Қанза Пегдиң оолағы тезе ол теспарған, қазақ қаанға парыбыстыр. Қазақ қааны шағлаттырған кижи полтур, ыларды чадып, улуғ алыпқа өс-партыр-но...“ Че, эркечеш, қурчазың ма?» теп, Алисаның сурады.

«Менең ээде ле төгүлча,» қунанып, айтты Алиса. «Мен қур-параҏа санабанчам да!»

«Индиг полғанда,» айтты Додо, «көзе-қара мералар аларға теп, чыылышты майленмен пожатчыған резолюцияны шыҏаҏа айтчам…»

«Кижи чилеп айтсаң,» тееди Эд Қара қушчақ. «Мен по сөстиң чарбызын да пилбенчам! Че, слер көргеним, пойларың да аны пилбенчазаар.» Анаң Қара қушчақ ызайынчытқанын көрбезин теп, айланбысты. Парчын қуштар ээдоқ чукқа қақтырыбыстылар.

«Мен айдарға эткем,» тарын-келип, тееди Додо, «писке эбире чүтүрежерге керек. Анда пис көзе-қара қур-парар эдибис!»

«Ол ноо полча-но?» теп, сурады Алиса. Шынап айтсаң, ол най-да аañ көгнүнге кирбентир, Додо көбүзин шым полчаттыр—сурақ қадарған полар-но. Парчазы ээдоқ шым полчытқаннарында, Алиса сурабтыр.

«Чарыда чооқтаганче,» айтты Додо, «көртүзерге керек!» (Ажа, сен ээдоқ қачен-преде қышқы темнеринде ол ойун ойнарға санабызарзың? Эткенде, ол Додо иштиген небелерин, мен саға айт-перейин.)

Паштап ол черде тегелек қастабысқан. Шынап айтсаң, ол қастаған тегелек қыйрғырарық полғанда, Додо айдыбысты: «Шын формазы керек та чоқ!» Анаң ол парчазын ээде-пееде тегелек эбире турғус-салды. Пир-да кижи пажарға айтпанды да—қайзы-да чүтүрерге ле санап чүтүргенде, пилерге аар полтур, қачен ол марғыш тоозыл-парар. Одус минут эрткенде, қачен парчылары чүтүрүш-келип, қур-парғаннарда, Додо кенетки қыйғырыбысты: «Чүтүрүш тоозул-парды!» Анаң парчазы Додоның эбире тур-келип, аар тынғыштерибе, сурап пажыдылар: «Кем негибисти-но?»

Додо ол сурақтарға чақша пөгүнменче, айт-полбан-салды. Ол турған черинде кет-парып, қабағынға падырбажын сал-салып (индиг позаба Шекспирди көргӱсчалар, пилча-зың ма?), анаң сағышқа кирип, тур-салды. Парчылары аағ эбире чукқа тур-салып, қадардылар. Қалғанында Додо айтты: «*Парчазы* негибистилер! *Парчыларың* сый алар-заар!»

«Кем аны ӱлеп перер-но?» теп, ылар пир ӱнме қыйғырыб-ыстылар.

«Че, ол-но,» Алисаға падырбажынма көргӱс-келип, тееди Додо. Парчазы Алисаны эбир-келип, қыйғырдылар: «Сыйды! Сыйды!»

Алиса актек пол-парды. Ээде актекпе, оң колун изебинге сукқаны—пир қабычақ қузуқтуғ конфеттар шығырб-алды (чақша-но ааң қарақ чаштары ол конфеттарды ӧлетпен-тир.) Ол аны чыылышқаннарынға перибисти—парчазын-ға пир ле конфеттың арий ле четти.

«Аға ээдоқ сый перерге керек-но,» тедир Шышқан.

«Эзе,» малғап, айтты Додо. Анаң Алисаға айлан-келип, сурабысты: «Сееғ изебинде пре-небе қалды ба?»

«Чоқ,» қомнаныш, айтты Алиса. «Қурчу ла қалды.»

«Аны пеере перибис!» тееди Додо.

Минде пазоқ парчылары Алисаның айландыра тур-салдылар, анаң Додо улуғлап аға қурчыны перип, айтты: «Пис парчазыбыс суранчабыс, по мастыр қырчын сыйды саға алб-аларға теп!» Ол қысқа эрбекти айдыбысқанда, парчазы ыныш-келип, қысқырыбыстылар.

Алисаға по церемония маттап қатқылығ көрӱнди, пар-чыларының шырайы маттап қанығарық полғанаң ужун, ол ээдоқ қақтырбан-салды. Ол Додоның сӧзӱнге айдарға сӧс таппан-салып, малғада пашқойлап-келип, ол қурчыны алб-алды.

Ааң соонда парчылары чииш чиирге пажадылар. Айлан-дыра қорғуштығ назыр-нызыр турубысты—поғда қуштар чӱтче-ле конфеттарын ажырыбыс-келип, анаң чақша да чиибен қалдылар теп, ӧңзереп пардылар. Кичиғарық қушчақтың тезе ол конфеттар тынында туруп,—ылардың көксӱлеринең шабыштылар. Парчылары чииб-алып, айландыра одур-келип, Шышқанақтың пре чооғаш айт-перзин теп, сурандылар.

«Слер пре чооғаш писке чооқтап-перерге айтқазаар,» тедир Алиса. «Анаң қайт ээде М анаң А қынманчызаар... »

Қалғанче сӧстерин, ол пазоқ шышқанды қоруқтуруп, тарындырбасқа теп, чуққа айдыбысты.

«Ол най узақпа қунаныш чооқ теп,» ӧстеп-келип, пажап турды Шышқанақ. Тоқтап-парып, ол кенетке қысқырыб-ысты:

«Тубан чооғы!»

«Табан чоогы?» теп келип, Алиса ааң табанынға кöрÿ-бисти. «Кунаныштыг *табан чоогы* ба?» Анаң Шышқа-нақ айтқанда, ол сöс шыш-қанақтың табанынға ноо кереги полғанын, Алиса пир-да пилбен-қалды. Анаң-аара ол Шышқанақ айтқан чооғаш, ааң пажында пееде кöрÿн-партыр:—

«Цап царап теп,
шышқанға
айтты: „Мине,
қайдыг кере-
гештер, пис
парарыбыс
ийге ле
чарғызара,
*мен сени
чарғыларым.*
Ынабасқа
Сен санаба,
чарылы-
жарға ке-
рек, анан
аара пÿÿн
эртен иш
чоқ мен
одурчам.“
Ол поға
нахалға
шышқан
пееде
айтты:
„Чарғы
чоқ
следстви-
язы чоқ,
сэр, ип
аппар-
банча“.
„Чарғы-
чы мен,
меноқ
след-
ствие,“
Цап-
царап
ол аға
айтты.
„Сени
öлтÿ-
рерге
чарғы-
ларым.
минде
сен
öлер-
зиң“.»

«Сен мени уқпанчаң!» Шышқанақ Алисаға қаныққелип, айтты. «Ноо санап, одурчазың?»

«Чалаба,» чобаш ӱнме айтты Алиса. «Слер пежинчи эбирилчекке четтилер, ээде бе?»

«Алығ сӧстер!» тарынымысты Шышқан. «Ада-чашқа қайдыңдағы алығ сӧстер! Қайде ылардың кӱжӱм шықпарды! Мен аны паза кӧрерге да *шидебессим!*»

«Ноо небени шидебессиң?» теп, сурады Алиса. (Ол қачен да полужарға эттир.) «Айтсаар, мен полужарым!»

«Санабассым да!» тарынып, тееди Шышқан анаң туруп, кедре парды. «Ээде-пееде ле чооқтанчазың—сен, ажа, мени сӧгерге санапчазың!»

«Чоқ-но!» айтты Алиса. «Сени сӧгерге теп, сағышқа да тутпадым! Слер маң-сайа теген ле маға тарынчазаар.»

Шышқан аны уғуп, тарынып ла эрбектенибисти.

«Суранчам, парбылар!» теп, аañ чолунға қыйғырыбысты Алиса. «Сееңме полған чооғажағын четтире айт-перзең!»

Анаң парчылары ээдоқ айттылар: «Че-че, парбылар!»

Шышқан пажынмыла чайқаныб-ыскелип, қапчыйарық чўтўрўбўсти.

«Қайдығ ачыштығ ол минде қалбаның ужун!» Ол қараққа кӧрўнмен қалғанда, Лори-Попуғайчик ўшкўрўбўсти. Қаары Медуза пойуңнуң қызынға айтты: «Ах, қайранағым, по саға урок ползун! Қачанда *пойуңны тудунарға керек!*»

«Сен, ичемайым, пойуң тилиңни тудун-салб-одур,» теп, арий қанық-парып, айтты пойдаң қызы. «Слер мени ўргетпелар. Слер ол устрицаны да тарындырыпчазың!»

«Мине, поға Дина керек-но!» пир-да кижеге кӧрбен, ӧткўр ўнме айдыбысты Алиса. «*Ол амоқ* аны қарча аккелер эди.»

«Сенең пис сурапчабыс: кем ол Дина?» қынынғанче, сурады Лори.

Алиса пойуңнуң кӧӧленчытқан машектиң ужун қачен да айт-перерге ўргўнтир. «Ол пистиң машегебис,» айтты ол. «Слер аны ақтап пилбес поларзаар, қайде ол шышқаннарды тутча! Анаң қушчағаштарды қайде ол мастыр қапча! Ыларды кӧргенде ле—миндоқ тудуп, чиибисча!»

Алисаның айтқан сӧзў по чыылышқаннарынға қайғаллығ небе иштебистир. Қуштар ўтўлеринге маңзырабыстылар. Қаары Сасқан пладынға оран-турды. «Мен ўтемге парайын!» тедир ол. «Қарашқы тем пол-парды, меең тынычағымға чақша эбес.» Торчуқ тырлашчытқан ўнўнме палачақтарын қыйғырды: «Меең қайраннарым, ўтеге параңнар! Слерге ылтам-оқ тӧжекке керек!» Чўтче ле полғанда, парчазы пашқа-пашқа предлогтар тап-келип, ўгелеринге парыбыстылар, Алиса қара чағыс ла қалтыр.

«Нӧорўк мен ол Динаны санап, айдыбыстым?» қунанкелип, санады Алиса. «Ол минде қайзынға да қынаныштығ полбаза, мен оңнапчам, по чарықта ааң артық машек чоқ! Ах, Динам, эркечегим! Мен сени пазоқ кӧрерим ме?» Минде қайран Алиса пазоқ ылғаб-ысты—аға қара чағысқа маттап ачығ полуб-ысты. Тем пажында пазоқ кем-кем келчытқан тепсиги уғул-қалды. Алиса айланыбысты: ажа, ол Шышқан тарынған чӱрегин сендирип, айтқан чооғун четтире тоозыб-ызарға қарча нан-келди?

Тӱндӱктеӊ Учуқчытқан Билль

По Ақ Кролик полтур—ол көөчен пирее небе тилепчытқан чилеп, аара-пеере көрӱнӱп, қарча чӱтӱр-чаттыр. Алисаға ол пойунма эрбектенчытқан сӧстери уғул-қалды: «Ах, Герцогиня! Герцогиня! Қайран мееӊ табаннарым! Қайран мееӊ тӱктеримме сағалақтарым! Ол мени ӧдӱрттирерге кичендирер! Ақтап шынап мени ӧдӱрттирер. Қайде мен ыларды чидирсалдым-но?» Алиса ол веербе ақ илтекти тилепчытқанын миндоқ пилиб-алып, аны ачынып, полужарға теп, ол небелерди ээдоқ тилеп пажады. Веербе илтектерди пир-да черде таппантыр. Ол шалчықта чӱскеннеӊ пеере айландыра парчын пашқа полпартыр—поғда қатпаш анаӊ кӱгениг тергекпе кичиг эжигеш ақтап полбан чилеп, қайаға-қайаға чит-партыр.

Чӱтче тем эрткенде Кролик тиленчытқан Алисаны көрб-алды. «Эй, Мэри-Энн,» қанығып, ол қыйғырыбысты, «сен минде ноо иштепчазыӊ? Қапчый ӱгеге чӱтӱрӱп, маға илтекпе веерди аккеле-бер! Че, маӊзыран!» Алиса маттап қоруғуп, ол ишти иштебизерге теп, қапчый чүгүрди. По Кролиқ налышқан теп, қызычақ айтпан да қалтыр-но.

«Ол, ажа, горничнийге мени көрүбүсти,» чүгүрчат, санабысты қызычақ. «Че, қачен Кролик мен кемзим оңнабалза, маттап таңзыл-парар-но! Парчын пир аға илтекпе веерди, эзе, тапсам аппара-перерим!» По темде қысчақ пир арығ үгечек көрб-алды. Әжигешти арығ, чылтрақ чес тақпайақ шабыл-партыр, анда миндиг сөс пазылтыр: «А. КРОЛИК». Алиса тоқтлатпан-салды— кири ле, маққышпа өре чүгүруп-парды. Ол шын Мэри-Эннме тоғыш-параға маттап қоруқтыр-но. Эзе, ол аны үгезинең шығарыбысса, Алиса Кролиқаға веербе илтекти аппар полбас-но.

«Қайдығ пашқачыл, мен по Кролиқаға ызығчы кижи пол-чөрчам!» теп, санады Алиса. «Ол ла Дина мени пре иш иштеттиргени четпенча-но!» Анаң қайде полар эди теп, ол пөгүнүп-турды. «„Мисс Алиса! Қапчы пеере келаар! Маға ташынға чөрерге тем чет-келди, слер тезе пазоқ кезинмен-тирзаар!“—„Амоқ, печем! Дина нанғанче, маға шышқан иннин көрерге керек. Шышқаннар чүгүрүспезин теп, маға ол көрб-одурарға айтқан!“ Эзе, по шынап полған полза, Динаны шығарыбызаар эдилер-но!»

Ээде пөгүнип, арығдың чылтрапчытқан кичигеш қатпаш-қа чедип, кирибисти. Көзнек алында тергичек туртур, анда қайде ол иженген, веербе қанче-қанче пара кичигеш илте-гештер чат-чаттыр. Алиса веербе ийги пара илтекти алб-алып, шығарға эткени, кенетки күзеген алында кичиш штобашты көрб-алды. Анда миндиг сөстер пазыл-партыр: «ИЖИБИС МЕНИ!», Алиса аны ажып, анаң ақсынға аккелди. «Мен пре ле небе ажырыбысқамда,» теп, санады ол, «минде-оқ мееңме *пре* қыныштығ небе пол-парча. Ам көрерим ноо полар! Мен мағат өзүб-аларға санапчам. Маға индиг кичигеш поларға эриштиг!»

Ол ээде-ок пол-партыр—Алиса сананғанче, қапчығай өзүп-шықтыр. Ол ортазын да ишпен-қалып, пажынма пат-лөкке чет-парды; ол мойнун сындырыспасқа теп, элчейип тур-салды. Анаң қапчы ол штобашты тергег-ок турғус-салды. «Че, чедер,» тедир ол. «Иженчам, өскен сыным минде тоқтап-парар. Мен эжиктең да шық-полбассым. Нөөрүк индиг көп ижибистим-но!»

Че! Ам айбын полтур; ол өзе-өзе келип, тизекке турубысты—пир минуттың ажыра, аға ээде да чер ас полтур. Анаң чадып, қолун шығанақты кестеп-келип (қолу эжикке төоңче чет-партыр), пашқа қолунма пажын қабын-салды. Пир минуттың эрткенде, аға пазоқ қыза пол-парды—қызычақ өзерге тоқтабантыр. Ол пир қолун көзнектең шығарыбысты, пир азағын түндүкке суқ-салды. Анаң аара өзерге чер чоқ полубустыр. «Паза ноо ла полза, пир-да небе иштебессим,» теп, эрбектенди. «Ноо ла мееңме *полар?*»

Минде ааң ырызынға, ол ишкен суғдиң қайғалы тозул-парып, паза қызычақ өспен-салды. Шынап, ааң ужун Алисаға ниик полбады. Эзе, пре кижи полужарға келер теп, иженмен, ол қунаныбысты.

«Қайдығ чақша үгемимде полған!» теп, санады қайран Алиса. «Анда мен пир ле өскен сынныг полғам анаң қайдығ-қайдығ шышқаннарба кроликтер маға пир сөс айтпаннар. Нөөрүк ле мен ол кроликтиң сооба инге кири-бистим-но! Ээде да полза… ээде да полза… Индиг чадығ маға көөленештиг-но. «Минде парчын индиг қайғаллығ! *Ноо* мееңме *пол-парған-но?* Қачен мен ныбақтарды қыырғамда, по чарықта миндиг чадығ полбанчытқанын, пек оңнағам-но, ам тезе мен пойум минара кир-пардым! Меең чадыймның ужун поғда пичик пазарға керек, ақтап шын айтчам, керек! Қачен өс-парзам, пазарым…» Минде Алиса шым полубысты, анаң қунан-келип, эрбектенди: «Че, мен өс-парғам-но… Маға *минде* паза өсчиң чер чоқ.»

«Ажа, по ла шенинче тоқтап-парарым?» теп, санабысты Алиса. «Ажа, ол чабал да эбес—мен анда қаарыбассым! Ол ла шын, маға ада-чашқа уроктарды ÿргенерге керек. Чоқ, *ынабанчам!*»

«Ах, қайдығ мен алығ, Алиса!» пойунға айтты. «Қайде минде уроктарды ÿргенерге? Саға *пойуңга да* минде чер четпенча… Пичиктериң қайаға иштерзиң?»

Ол ээде айдынып, пойунма тартыш-келип, қай-презинде пир чанға, қай-презинде пашқа чанынға тур-салчаттыр-но. Ааң чооғы най қынныг полтур, минде көзнек алтында кемнин-кемнин ÿннÿ уғул-парғанда—ол шым полуп, уқ-турды:

«Мэри-Энн! Мэри-Энн! Илтектер аккелза! Қапчыйарық қыйбранб-одур!» теп, қыйғырды пир ÿн. Анаң кирлести кичиг азағаштың төбертези уғул-қалды. Алиса ол Кролик аны тилепчанын пилиб-алып, ылардың муң қада поғда пол-парып, паза ыларды қоруқпас керегин ундут-салып, қачен тырлаш-турғанда, парчын ÿге аара-пеере чайқаныбыстыр.

Кролик эжик алынға пас-келип, аны табанаштарынма ийткени, ол эжик қатпаш чанға ажылчаттыр, Алиса тезе оң қолунма тут-салғанаң аара эжигеш ажылбанчаттыр-но.

Алиса Кролик айтқан сӧзӱн уғубустыр: «Че, ээде полғанда, ӱге эбирип, кӧзнекче пак кирерим…»

«*Чоқ*, кирбессин!» теп, санады Алиса. Қачен Кролик кӧзнекке четкенинде пилиб-алып, ол қолун шығар-келип, аны қаб-аларға эттир. Анаң қысқыш уғул-парып, кем-кем кел-тужуп, адылған кӱген сыңрағы уғул-парды. Ажа, Кролигеш агӱрсем ӧстӱрчытқан теплицадаң чоқ пашқа чердең кел-тӱшкен полар теп.

Анаң қанықтығ қысқыш уғул-парды. «Чалчы! Чалчы!» теп, қыйғырды Кролик. «Қайде ол?» Соонда қайдығ-қайдығ ӱн уғулды, Алиса аны алында уқпантыр, ол айттыр: «Мен минде! Алмачақтарды ӱсчам, слердин честь!»

«Алмачақтарды ӱсчаң ма!» теп, қаныгыбысты кролик. «Ам ӱзерге тем таптың ма! Маға *мынаң* шығабызарға полушсаң!» (Пазоқ адылған күтен сыңрабысты.)

«Айт-перзең, Чалчы, анда көзнекте ноо полча?»

«Қол, эзе, слердиң честь!» (Қалған ийги сөсти ол пир сөс чилеп айттыр—анаң аара миндиг сөс полтур «серчсть!»)

«Алыг паш, по қайдыг қол теп? Сен қайде миндиг қолды көрдиң? Ол көзнектең арий-арий пат-парды!»

«Эзе, ол ээде-но, серчесть! Ол қол-но!»

«Қайдыг да полза аға анда чер чоқ! Парып, Чалчы, аны кедре алыбыс!»

Анаң ӱӱр шым полыбысты, қайзында ла тем-тем пажында сыбыраштар уғулды: «Серчсть, меең чӱрегим ынабанче... Керек чоқ, серчсть! Слерди чалған-келип, сурапчам...»—«Қайдыг сен қортуқсың! Ноо айтчаным, иштебис!» Минде Алиса падырбаштарын көзнектең шығар-келип, пазоқ кемни-кемни қаб-аларға санаптыр. Ам *ийги* қысқырыш уғул-қалды, пазоқ күтеннер адылып, түштилер. «Қайдыг анда поғда теплицалар!» теп, санады Алиса. «Маға қынның, ноо ылар ам иштерлер! „Кедре алыбыс аны, Чалчы!" Мен минең парбысқан ползам да, ӱргӱнер эдим! Оно, ылар маға *полушқаннар* ла полза!»

Ол арий қадарғанда, чукқа ла полған полтур. Тем пажында тегелек сыңрағыба ӱннер уғулды. Ылар маттап көптер чылыш-партыр, парчазы талаш-келип, эрбектеш-чаттырлар. «Ийгинчизи маққыжы қайде?—Маға пирди ле аккелерге керек полған. Ийгинчизи Билльде!—Эй, Билль! Минара аны сөрте!—По толуқтың ыларды турғузаар!—Ыларды паштап пағлабызар керек-но! Ылар ортаға да четпенчалар!—Қоруқпа, чедерлер!—Эй, Билль! Пағды тут!—Чабық аны тудар ба?»—Кööчен чöрар! По черепица қыйбранча...Ӱзӱл түш-парды! Түшча!—Паштарың шеберленар!» (Анаң öткӱр нызырақ уғул-қалды.) «Мине, по кем ээде иштебисти-но?—Мен санапчам, ол Билль

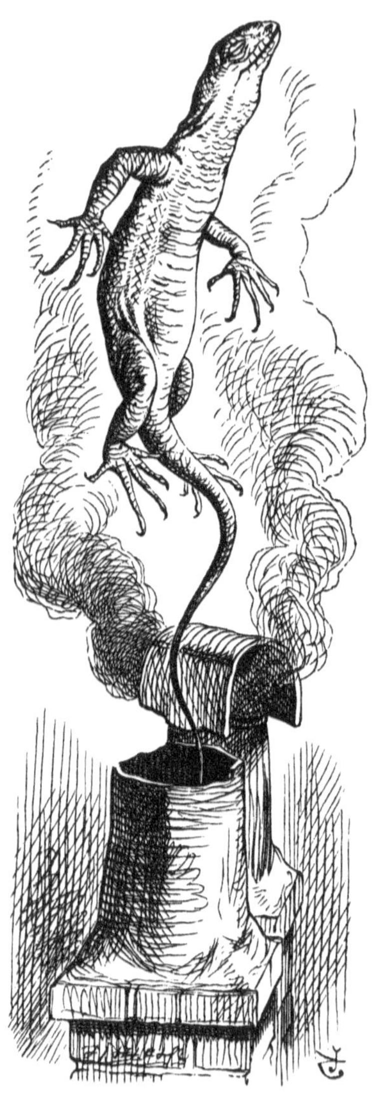

полар теп!—Кем түндүкке пағар?—*Мен* пақпассым! *Пойуң* пақ!—Че, *чоқ*! Пирда пақпассым!—Билль пақсын!—Эй, Билль! Уқчаң ма? Сееӊ ээзиӊ саға пағарға айтча!»

«Ах, мине пееде полчаттырно!» теп, санады Алиса. «Билль-гоқ пағарға керек? Парчын небени аны иштеттирчалар! Мен ааӊ орнунға пир-да ынабас эдим. Қамин минде тарарық, аара-пееге най шабыштырбассыӊ, *ээдеда полза*, мен аны тебизеримно!»

Алиса азағын төбүн қаминға суқ-салып, анаӊ қадар чат-салды. Қалғалында ла, уғуб-алды, ааӊ ӱстүнде ол түндүкте кем-кем сыбрашкелип, анаӊ тырбақтанче (ол анда аӊнычақ полғанын пилбен қалтыр). «По Билль полар!» теп, эрбектенди ол, анаӊ қанче ле кӱжичегибиле азығыба тебискени. «Че, маға қынныг, ам ноо поларно!»

Паштап ол уғубусты, қачен парчазы қыйғырыбыстылар: «Билль! Билль! Нөөл Билль учуқча!» Анаӊ Кроликтыӊ ӱнүн: «Эй, ол арал аалындағылар! Тудар аны!» Анаӊ анда чуққа полыбысты, соонда пазоқ сағышралыг ӱннер уғул-қалды: «Пажын, пажын тудар!—Коньяк аға перзаар!—Коньяк пашқа тынынға төгүлча…—Че, қайде, улуғ апшый?—Ноо ол полду, улуғ апшый?—Ноо полғанын айтперзаң, улуғ апшый!»

Қалғанында чишке, мөгүс үн уғул-парды. («Ол Билль полар-но», теп, санады Алиса.) «Пойум оңнабанчам… Алғыш ползун, паза керек чоқ. Маға чақша пол-парды… Ол ла сағыштарымма чыылыш-полбанчам. Сескеним, алтынаң мени ноо-ноо небе пергени: анаң пи-и-ир тегризара, ақтап шутиха чилеп!»

«Ол шын, ақтап шутиха чилеп!» өскелери айттылар.

«По үтүчекти көйтиризерге керек!» кенетки, айтты Кролик. Алиса полған үнүнме қыйғырыбысты: «Көйтир ле көрзаар, мен слерге Динаны сүрттирерим!»

Амоқ өлгеннер чилеп, шым-шырық пол-парды. «Қынның, *ам* ноо ылар иштерлер-но?» теп, санады Алиса. «Ылар пре ле небе пилчытқан ползылар, ол чабықты алыбызаар эдилер-но!» Ийги минут эрткен соонда пазоқ төбүнде чоруқтар пажалды. Алиса укқаны, Кролик айтчаттыр: «Паштапқа пир да абрачақ чедер.»

«Пир *нооның* абрачағы?» теп, санады Алиса. Ээде оңнабан, үүр полбады: пашқа минутада көзнекке кичиг таштар кел-түшти. Қайзылары ааң чүзүнге тег-чаттырлар. «Ам мен аны тоқтаттырыбызарым,» теп, санады Алиса. «Тоқталар! Мынаң чабалоқ полар!» полған үнүнме қыс қыйғырбысты. Пазоқ өлгеннер чилеп, шым-шырық пол-парды.

Ол темде Алиса улуғ обал, улуғ кей полча теп, таңзын пилингени, таштар салтымға кел-түштилер, анаң түшчат, ылар шағам-оқ перегештер пол-чаттырлар. Минде Алиса сеткенибисти. «Перегешти чиибиссем,» теп, санады ол, «меең өскен сынычағым пашқа пол-парар-но. Маға паза өзерге чарабас, эткенде мен кичиг ле пол-парарым!»

Ол пир перекти ажырыбыс-келип, анаң үргүнүп, көргени, ааң өскен сынычағы минде-оқ сен-парды. Қачен эжикке ле кирерге шен сен-парғанда, ол шағам-оқ ӳтдең шығара чӳтӳрӳбӳс-келип, көргени: көзнек алтында маттап көп қуштарба аңначақтар турча. Чер ортазында қайран клескенек Билль чат-чаттыр; ийги талай шошқачақтар ааң пажын тут-келип, ноо-ноо небе штоптаң ижерге пер-чалар. Алисаны көрӳп, парчазы аға чӳтӳрдилер, ылардың тес чӳтӳрӳп, қыс чӳтче ле қара чышқа кирибистир.

«Ам маға паштап шын сынычағымға өс-парарға керек,» ағаш аразынма кир-парып, тедир Алиса. «Анаң тезе ол қайғаллығ садтың чолун таб-аларға керек. Че, мен пееде-оқ иштебизерим—по планның артық пөгӳнмессиң!»

Шынап, ааң планы маттап чақша полтур—индиг әлбек, анаң пилгедиг; пир ле чабал: Алиса пир-да пилбен-чаттыр, қайде санапчытқан планнарын иштебизерге. Ол қоруққан озуба қара чышқа көргенди, кенетки ле ааң пажыңнан ӳстӳнде кем-кем өткӳр ӳрӳбӳсти. Ол мөгдӳбис-келип, қарағынма өре көргени.

Маттап поғда адайаш аға поғда тоғланчық қарағынма көрӳп, тегибизерге кичен-келип, көөчен табанын пер-чаттыр. «Қайран, ки-и-ичигеш!» чалған-келип, айтты Алиса анаң аға сығырып көргени, тырлашчытқан ақсынаң сығырыш шықпан-салды. Ол адайақ аштығ полза че, ноо полар? Қанче ле ааң аалында чалғанмазаң, ол көс мени чиибиспезин-но!

Алиса әгениш-келип, чердең ағажақ ал-келип, анаң ноо иштепчытқанын санаңман да, ол ағажакты адайаққа шелибисти. Адайақ ӳргӳнген озуба шииқтебисти, анаң парчын табаннарынма өре ыстыр-келип, ол ағажақты қаб-алды. Ол адайақ ӳргӳнген озуба көс аны тепсел-парбазын теп, Алиса қоруққанынма қобрақтың кестинге чажын-парды.

Қачен ол аралдың пашқа чаннаң әбире көрӳнгенинде, адайақ пазоқ ағажаққа чӳтӳр-келип, кӳжӳн қабынман, тескире кел-тӳжӳп, учуқ-парды. Ааңма ойнарға да әтсең,

ақтап поғда ат чилеп—арий ле полза, ааң туйғақ алтында
өл-пararзың теп, санады Алиса! Че, ол пазоқ қобрақ
алтынға кир-парды. Адайақ ағажақты салбантыр: аға-
жақтын кедре чÿтÿрÿбис-келип, анаң қарық ÿнме аға нандыра шачырып-келип, пазоқ чÿтÿрÿбисча. Қалғанында,
ааң кÿжи шыққанда, ол аар тынғышпа ырағарақ одур-
салып, тилин шығар-келип, поғда қарақтарын арий
чабын-салтыр.

Поң тесчең теми маттап чараш полтур, Алиса пир минут
чидирбен-салды. Тезип, ырақтаң адай ÿрÿжи уғулбанче,
асле тынғыжы шықпанче, ол чÿтÿрди.

Анаң тоқтап-парып, тынанбаларға теп, алында өскен сарығ чаккийектиң сабағынға ширен-салып, көк пӱрлеринме шабын-турды. «Қайдығ қайғаллығ адайақ полған-но!» пӧгӱнип, айтты Алиса. «Оно аны пашқа-пашқа фокустарға ӱргет-салар эдим, қачен ле… қачен ле мен керек сынныҒ пол-парған ползам! Әзе, арий-ле ундутпан-салдым: маға пазоқ өс-келерге керек! Амоқ қайде маға өс-парарға сағыжымға кир-парзын? Алақпан ползам, маға пирее небе чиибизерге этпези ижибизерге керек. Нооны ла ижерим-чиирим?»

Шынап—ноо? Алиса чаккийлербе өлеҢнерди айландыра көргени, ижерге-чиирге пир небе таппады. Ырақ эбес мешке өстӱр: поҒда, асла ааҢ өскен сыны эбес шени туртур. Ол мешке кексинге анаҢ алтынға, анаҢ ол мешкенеҢ ийги чара көрӱбӱстир. Минде ле Алисаның пажынға четти, эткенде, ажа, мешке пөрӱгежинде пирее небе пар, көрӱбӱзейин теп?

Ол азақ пажынға тур-келип, өөре көрӱп, қарақтарынма поҒда көк қарыштақпа тоҒыш-парды. Ол қолун төштезинге крестеп-салып, ааҢ эбире ноо полчытқанын пир-да көрбен, абыр шырайынма узун қальян одуруп, тарт-чаттыр.

П А Ж А Л Ы Қ   V

Чӧбӱн Перчытқан Қарыштақ

Алисаба Қарыштақ пир сӧс айдышпан, маттап ӧзре ӱӱр кӧрӱштирлер; қалғанында, Қарыштақ қальян ақсынаң шығар-келип, анаң кӧӧчен, уйға тӱжӱнде чилеп, чооқтанды:

«*Сен... кем... поларзың?*» тедир Қарыштақ.

Паптап Алисадың ааңма эрбектежерге да кӧңну чоқ полтур. «Ақтап пилбенчам, сӧр,» чӱрексениш айтты Алиса. «Пӱӱн эртен мен кем *полғаным* оңнапчам, ам қачен усқанғанаң пеере қанче-қанче қада пашқа пӧлен-пардым.»

«Сен ноо айдарға этчазың?» қадығлап, сурады Қарыштақ. «Сееӊ сағыжың пойуӊда ба?»

«Оңнабанчам,» теп, айтты Алиса. «Ажа, *пашқа* черде. Кӧрчизаар ба...»

«Кӧрбенчам,» тедир Қарыштақ.

«Қоруқчам, мен слерге чаарыда чооқтап полбассым,» теп, улуғлап, айтты Алиса, «мен пойум да пир-да небе

45

пилбенчам. Пир күнге өскен сынычағың қанче-қанче қада пашқа пол-парза, кем-де да азақтың шабызаар.»

«Шап-полбас,» тедир Қарыштақ.

«Слер индигди көрбен поларзаар-но,» пазоқ айтты Алиса. «Қачен саға паштап Қарыштақ қызырағы полуп—пир-да черге кирбессиң!—соонда қонақ пол-парарға, ээдоқ пашқачыларық көрүнер-но.»

«Ақтап көрүнмес!» тедир Қарыштақ.

«Че, *ажа*, шынзың,» теп, ынабысты Алиса. «*Маға* оңнапчам, ол тың пашқачыл теп көрўнер эди.»

«Саға!» чискинип, сурады Қарыштақ. «*Сен* кемзиң-но?»

Суран сурақ ыларды паштап чооқташқа нандырыб-ысты. Алиса арий тарынб-ысты—ол Қарыштақ аны *найле* кижиге тоолабан, чооқташчаттыр. Ол чикке тур-салып, ўнўн улуғлап уғулзун теп, айтты: «Мен көргемде, паштап *сен* кем поларзың маға айт-пер.»

«Чөөк?» теп, сурады Қарыштақ.

Аағ пилбес сурағынға сөс таппан-салып, Алиса актек пол-парды, Қарыштақтың *ақтап* көңну чоқ теп, қызычақ пурул-келип, кедере пас-парды.

«Айлан!» теп, аағ чолунға қыйғырыбысты Қарыштақ. «Маға саға пир керек сөс айдарға керек.»

Аағ айтқан сөзў қызычақтың қулағынға көөк қакқанче пилдир-қалды—Алиса нан-келди.

«Пой-пойуң тудунб-одур,» тедир Қарыштақ.

«Ол айдаар сөзўң айдыбыстың ма?» тарынман, сураб-ысты Алиса.

«Чоқ,» айтты Қарыштақ.

Алисаға иштенчиң небе чоқ полғанаң аара, қадарб-аларға санабысты. Ажа, көрзең, Қарыштақ пре чақша небе айперер теп? Паштап ол канче-канче тем пир сөс айтпан, тартқан кальяндың ыш ла шығарбодуртыр, анаң қалғанында, тудунған қолунма қальянды ақсынаң шығар-келип, айтты: «Әәде полғанда, сен пашқа пол-пардың ма?»

«Әзе, сәр,» тееди Алиса, «ол маттап қомнаныш-но. Сағыжымға кирген небелер, ақтап пажымда тудулбан-чалар, анаң он минуттың ажыра меең өскен сынычағым қанче-қанче қада пашқа пол-парча.»

«Ноо пажыңда тудулбанча?» теп, сурады Қарыштак.

«Мен қыыр-көргеним „*Қайде қайдыг-дагы кўнўчекпе шеберлен-чöрча...*“, ол ақтап пашқа небе пол-парча,» қунанып, айтты Алиса.

«Қыыр „Аба Вильям“,» теп, айтты Қарыштақ.
Алиса қолларын салынмалып, пажап-турды:—

«„Вильям абам,“ қыбычы пала айтты,
„Сееӊ пажыӊ ақ сырлығ да полза,
Қачан-да азақтарынма ööре турчаӊ.
По шын полар ба, қайде санапчаӊ?“

„Чаш түжүмде,“ апшый аға айтты,
„Сағыштарым қыйбрадарға қоруқтым,
Пажымда миизим чоқ полғанында,
Мен абыр азағымма ööре турчам.“

„Сен апшый, қыбычы оолақ айтты,
Ол полган небени паштаб-оқ көргем.
Қайт ӱш қадыл сальто-морталени
Сен, аба, индиг айдас иштебестиӊ?“

„Чаш тӱжӱмде, оглунга айтты апшый,
Мен пашқачыл мазьта шиленгем.
Ийги шиллинга банқа—пир золотник,
Шилен көрерге, пир банке албассыӊ ма?“

„Пойдаң эбессиң,“ айтты қыбычы оолагы,
„Чажап, чӱс чашқа чет-парчоң сен,
Чиирге одурғанда, чағысқан ийги қасты
Тунчуқтуң тамашқа тӧӧнче пожаттың.“

„Чаш тӱжӱмде наақ сӧӧктиң эдин
Пичик-чозағын ӱргенип, кӱштендиргем,
Анаң маң-сайа қаттымма тартыжып,
Чақша тайнарга ӱрген-пардым!“

„Аба, чарабас сурақ сурабыссам,
Маға тарынмассың, иженчам:
Қайде тириг угоръды сен
Пурнуңңаң түжүрбен тутқанзың?“

„Чоқ, полар!“ тарынып, айтты абазы.
„Сени угуп одурарга арын-пардым.
Қалғанында, пежинчизин сурабыссаң,
Шертпештиң санын сен аларзың!“»

«Парчын шын эбес,» тедир Қарыштақ.

«Эзе, ол *най-да* шын эбес,» чобаш ынабысты Алиса. «Қайы сöстери пашқалар.»

«Ол паштапқыдаң ала ужунға тööңче ээде эбес-но,» қадығарақ айдыбысты Қарыштақ.

Анаң шым полубысты.

«Сен қайдығ сынниғ поларға этчаң?» қалғанында, сурабысты Қарыштақ.

«Ах, маға парчын пир,» қапчы айдыбысты Алиса. «Оңнапчаң ма, ол-ла чабал темнең темге пашқачыл поларға…»

«*Оңнабанчам,*» теп, кезибисти Қарыштақ.

Алиса шым полды: по чажынға ааңма пöжен қарышпантырлар, анаң сеткенгенде, ол қалған шыдырыжын чидирчаттыр.

«Ам саға пееде чақша ба?» сурабысты Қарыштақ.

«Сен қарышпан ползаң, сэр,» айтты Алиса, «мен ақтап *көп чоқ* öс-парарға санағам-но. Ÿш ле дюймазы « индиг чабал öскен сын!»

«Ол мағат чақшы сын!» тарынып, қыйғырды Қарыштақ анаң полған сынынға шöйÿлÿбысты. (Ааң сыны ÿш ле дюймалығ полтур.)

«Мен тезе аға эштенменчам-но!» ачыштап, айдыбысты қайран Алиса. Иштинде сананды: «Қайдығ минде парчылары тарынчақтар!»

«Тем пажында эштенерзиң,» айтты Қарыштак, анаң ақсынға қальян суғуп, ööре ыш пышқырыбысты.

Алиса қачен Қарыштақ аға пазоқ пре небе айдыбызаар теп қадарб-одурды. Ийги минуттың ажыра ол қальянын ақсынаң шығар-келип, пир-пашқа қада эзибисти, анаң ööре тартынды. Қарыштак мешкенең тÿжÿбÿс-келип, öлең аразында чит-парғанче, Алисааға миндиг сöс таштабысты: «Пир чанын ызырыбыссаң, öс-парарзың, пашқа чанын— кичиг пол-парарзың!»

«Пир *нооның* чаның?» теп, санады Алиса. «Пашқа *нооның* чаның?»

«Мешкениң,» ақтап сурақты уққан чилеп, ӱңдӱжибисти Қарыштақ, анаң қарақтаң чит-парды.

Пир минут шени Алиса қайы пир чаны, қайзы пашқа чаны пилиб-аларға теп санаң-келип, мешкеге көрди; мешке тоғлақ полтур-но, анаң аара қыстың пажы айлан-партыр. Қалғанында ол санабысты: мешкени қолларынма тут-келип, ийги чанын пир кезегештиң сындырыбысты.

«Қайзы чаны қайдығ қыннышты ғ-но?» теп, санап-келип, ол оң қолунда тутчын чанын чӱтче ызырб-ысты. Олоқ тӱште ол сейзибискени, төбӱн эгинге қазыр шабыш пол-парды: ол эгинме азағынға шабыл-партыр!

Индиг переменаға ол най қоруғуб-ысты; көзе-қара кичиг полчытқаның ужун, аға пир минут чидирбес керек-но. Алиса пашқа кезекти алб-алды, ааң ээги пег азағынға чат-чаттыр, ол пир-да ақсын аш полбан-салды. Қалғанында ол көп чоқ сол қолунда тутчытқан мешкени ызырып чииди.

«Че, қалғанында, пажым пожал-парды!» теп, ӱргӱнгенче қыйғырыбысты Алиса. Че, ӱргӱнген соонда ол миндоқ шөчӱбӱсты: ааң чарнылары қайа-қайа партыр. Ол төбӱн көрерге санағаны, анда көк пӱрлер ӱстӱнде, улуғ сабақ чилеп, турчытқан узун мойнун көрб-алды.

«По ноо *көгерчытқан небе?*» тееди Алиса. «Меең *ийги чарныларым* қайаға пардылар? Қайран меең қолучақ-тарым, слер қайдызаар? Қайт мен слерди көрбенчам?» Ээде айт-келип, қолларынма қыйратқаны, парчын пир көр-полбан-салтыр-но, ол ла төбӱнде ырақ пӱрлер аразында ылар қығжыраптырлар.

Анаң қолун көдүр-полбанчытқанын пилиб-алып, Алиса *ыларга* пажын төбүн эдип, көргени, ааң мойну чыланың мойну чилеп айланыш, аара-пеере эгенишчаттыр. Алиса мойнун чақша зигзаг чилеп, иштеп-келип, пүрлер аразынға кирибизерге этсе (ол темде ағаш паштарын көргенин пилиб-алтыр-но), кенетки кем-кем тың қышланыбысты. Ол мөгдүбис-келип, кедре турубысты. Ааң чүзүнге маттап қазыр қанаттарынма шабын-келип, Чыш Қалабуғы таш-талды.

«Чылан!» теп, Чыш Қалабуғы қыйғырыбысты.

«Мен *чылан* эбессим!» тарыныбысты Алиса. «Арышта-бан, абырға артыс-сал!

«Айтчам, сен чыланзың!» арий тудунуп, тееди Чыш Қалабуғы. Анаң сорсуп-келип, айтты: «Мен парчын небе иштеп көрдим—пир-да келишпеди. Ылардың көгнүте пир-да небе кирбенча!»

«Ноо сен айтчытқаның, ақтап пилбенчам!» тедир Алиса.

«Ағаш тазылары, суғ қажылары, ааралар,» уқпан айтты Чыш Қалабуғы. «Ох, по чыланнар! Ыларға пир-да чақша иштеп полбассың!»

Алиса көбүзүн пилбен-қалып, таңзылтыр-но. Ээде да полза, ол Чыш Қалабуғы қыйғырарға тоқтабанче, ааң пир сурақ сурап-полбассың теп, қыс пилтир.

«Ас па мен минде кичиг палыларым өстүрб-одурчам, анаң күн-қараазын ыларды чыланнардың қадачы полуп, қадарарға керек! Үш недле шени, пир минутқа да қарақтарым чаппадым!»

«Слерде пееде арыштап-чатқанарыңнаң ужун маға маттап ачығ,» ол ноо полчытқанын, пилиб-алып, тедир Алиса.

«Мен әңне мөзүк ағашқа чадарға эткеним,» өткүр-өткүр үнүнме айдып, қалғанында қыйғырыбысты Чыш Қалабук, «амны мен ылардың чажын-пардым теп санабысқамда, чоқ! ылар чӱтче ле миндилер! Мензара тегридең тӱшчалар! У-у! Ирик чадықтаң шыққан чылан!»

«Мен *чылан* эбессим!» теп, қысқырыбысты Алиса. «Мен теген… теген…»

«Айт-айт—сен *кемзиң*?» теп, сурады Чыш Қалабуғы. «Сыраңай кӧрӱнча, сен пре-небе чӧйлеп-кел, айдарға этчаң.»

«Мен… мен… кичиш қызычағаш,» пир ле кӱнге қанче-қанче қада пашқа-пашқа пол-парғаны сағыжынға кир-генди, Алиса маттап қадығ да эбес ӱнме айтты.

«Че, эзе,» маттап кӧп чискиниш-келип, айтты Чыш Қалабуғы. «Мен по чажымға кӧп кичиг қызычақтарды кӧрдим, ол ла миндиг тынныг—*пир қызычақ* кӧрбедим! Чоқ, мени алақтыр-полбассың! Айдаңна кӧрзең, шын чыланзың—мине, сен кем поларзың! Сен маға пазоқ ныбыртқа чиибенчазың теп айдарзың.»

«Чоқ, қайт, *чиип-кӧргем*,» теп, айтты Алиса. (Ол пир-да чӧйлебенчаттыр.) «Сен оңнапчаң ма, қызычақтар ныбыртқа чиипчалар-оқ.»

«Ол шын эбес,» тедир Чыш Қалабуғы. «Эткенде, ылар чыланнароқ-но, —паза айтчаң сӧс қалбады!»

Ол ааң айтқан сағыжы маттап Алисаны азақтын шабыс-ты, ол чуққа ла полыбысты. Чыш Қалабуғы аға қожа айдыбысты: «Оңнапчам, оңнапчам, сен *ныбыртқа* тилеп-чазың! Қыс та ползаң, чоқ чылан да ползаң—маға парчын пир.»

«*Маға тезе* парчын пир эбес-но,» ынабан, қапчы айдыб-ысты Алиса. «Шынап айдарға, ныбыртқалар мен тиле-бенчам! Ныбыртқа тилепчытқан да ползам, маға *слердиң* ныбыртқаларың керек чоқ-но—мен чииң ныбыртқаларды кӧӧленменчам!»

«Эткенде мынаң пар!» тарынып, тедир Чыш Қалабуғы анаң пазоқ уйезинге одур-салды. Алиса тезе черге тӱжерге эткени, анаң кӧргени ол теген тӱш-полбас: ааң тыны тем-

тем пажында шабыл аразында тужал-парчаттыр-но, анаң аара ол түжерге тоқтап-парып, мойнун шабыл аразынаң шығарчаттыр. Чүтче түжүп, Алиса пилингени, пазоқ ийги қолларында мешке кезегештерин тут-чаттыр, ол көөчен оң чанның анаң пашқа чанның кичиштең қай презинде өзүп, қайзында кичиг пол-парып, қалғанында, қысчағаш өөн пойыба тура сергигенче, ызыр-салб-одурып чииптыр.

Паштап аға мағат пашқачыл полтур, ол өскен сынын ақтап ундут-салтыр-но, анаң ылтам ол пазоқ пойы пойунма эрбектен пажады. «Че, сананған иштиң чардығын иштебистим! Улуғ кей, улуғ обал темнер полды-но! Пазағы темде ноо сееңме поларын, оңнабассың… Че, чақша, ам меең полған сыным айланды. Ам маға ол қайғаллыг садқа кир көрер керек. Қайде ле *аға кир-парарым-но?*» Минде ол чазы пүкке шықты, анда кичигеш төрт ле фут шени үтечек туртыр. «Кем анда чатча оңнабанчам,» теп, санады Алиса, «*миндиг пойумма* аға пирарға чақша эбес. Тыннары шыкқанче ыларды қоруқтырарым!» Ол пазоқ мешкени чиип-одуруп, тоғус дюймаға четпенче, үтеге чағын парбан-салтыр.

ПАЖАЛЫҚ VI

Переvпе Шошқачақ

Алиса тур-салып, иштинде ноо-ноо санан-келип, ӱтеге көрген темде, кенетки чыштаң ливрейлиг лакей чӱтӱр шығып, эжикти тақлат-турды. (Лакейди Алиса ливрейин көрӱп пилиб-алтыр; қачен чӱнӱ-шырайын көрӱбӱссеӊ, ол палық.) Аға пашқа тоғлақ шырайлығ, поғда қарақтығ, ливрейлиг Паға-Лакейи эжик ажып, шықты. Алиса көргени, ылардың паштарында оралчық, пудралығ париктар полтур. Ол ноо минде полчытқанын пилиб-аларға санап, ӱге чанынға парып, уғуп-турды.

Палық-Лакейи қолтуқ алтынаң поғда пичик шығырабыс-келип (ол кичиг эбес, олоқ шени пичик), Пағачашқа перди. «Герцогинеге,» улуғлап-кел, айтты. «Королеванаң. Крокеткеге Қыырыш теп.» Пағачақ пасқан қатты алб-алып, ээдоқ улуғлап, ааӊ сөстерин арий пашқа эткелип, пазоқ айдыбысты: «Королеванаң Герцогиняға. Қыырыш крокеткеге.»

Анаӊ ӱдре парып, ылардың тоғлақ шаштары арлашпарғанче, өзре төбӱн мендилиштилер.

Алисаға индиг қақтырыш пол-парғанда, аны уқпазын-
нар теп, ырағарық чышқа чүгүрүбүсти; қачен нан-келип,
ағаштаң көргени, Палық-Лакейи анда чоғул. Пағачақ
тезе эжик алында черде одур-салып, сағыш чоқ тегризара
қарақтарынма көр-чаттыр.

Алиса қоруғарып, эжик алынға парып, қақлабысты.

«Қақларға керек чоқ,» теп, айтты Лакей. «Қақлабасқа
ийги причина пар. Паштапқы причиназы миндиг: мен
сеноқ чилеп, олоқ эжик чанында. Ийгинчизи, ылар анда
тың сыбырышчалар, сени ақтап пир-да кижи уқпас.» Ол
шын полтур, ӱгде қорғуштығ *назыр-нызыр* туртур—кем-

кем қысқыртыр, қайзы азырып-чаттыр, анаң тем-тем пажында ақтап айақ-қажықтарды ада шапчытқаннар ошқаш полуп, қазыр қыѓдырақ уѓул-парча.

«Айтсаң, чақшылап,» теп, сурады Алиса, «қайче маѓа ўтеге кирб-аларѓа-но?»

«Сен пазоқ қақлап көрзең,» ааң сураѓынѓа айтпан, тееди Паѓачақ, «пистиң аразыба эжик полѓан полза. Эзе, сен эжиктең *ол чанда* полуп қаклазаң, анда мен сени шыѓарар эдим.» Ээде айдып, қарақтарын тегридең албан, көртир. Алисаѓа ол маттап кижи тоолабанча теп, көрўнтир? «Ажа, ааң минде қыйалы чоқ,» теп, санады ол. «Теген ааң қарақтары *асле* паш тегеинде полбантыр. Че, кижи сурақтарынѓа, аѓа айдаар керек-но. «Қайче маѓа ўтеге кирпарарѓа?» пазоқ өткўр ўнме ол сурабысты.

«Мен минде одурарым,» тедир Паѓачақ, «керек тандаѓы да төөнче…»

Ол темде эжик қайра ажыл-парды, анаң Паѓаның пажынѓа поѓда айақ учуқты, паѓачақ тезе ийги қарақтарынма да мўнмен-салды,—айақ ылардың эртизе учуѓуп, арий ле ааң пурнун тегип, кексинде турчытқан аѓашқа адыл-парды.

«…керек полза таңда алдынѓаѓа төөнче,» пир-да небе полбан чилеп, пазоқ ол айдыбысты.

«Қайче маѓа ўтеге кир-парарѓа?» пазоқ тыңарық сурабысты Алиса.

«Анаара киререге керек пе?» тоѓра айтты Паѓачақ. «Не, поң сураѓы минде-но.»

Ажа, ээде полар-но, ол тезе ақтап Алисаның көгнўнге кирбентир. «Қайде по аңначақтар тартыжарѓа көөленчалар!» теп, эрбектенди ол. «Ылардың чооқтарынма алынпарарзың!»

Паѓачақ пазоқ пойуңнун сөстерин арий пашқа иштеп, айдыбызарѓа тем келди теп, санабыстыр. «Мен ээде-оқ минде одурарым: тынанып, кўннең-кўнге…» айтты ол.

«*Маға* че ноо иштерге?» теп, сурады Алиса.

«Ноо ла саназаң,» теедип, Пағачақ сығырбысты.

«Ноо ааңма чооқтажарға,» тарынып, санады Алиса. «Ол индиг алығба!» Анаң эжикти ийдип, кирибисти.

Анда поғда чииш пыжырчын қатпашта ыш туртур; қатпаш ортазында ӱш азақтығ орнағапта Герцогиня одуруп, палачақты абытчаттыр; чииш пыжырчытқан қат чиишпе толдурылған поғда қазанға эгениш-келип, кебе алында турчаттыр.

«По ӱргеде перец най көп!» теп, санады Алиса. Ол азырып, пир-да тоқтабанчаттыр.

Эзе, *қатпаш* перецтиң чызыба толдурул-партыр. Ол да Герцогиняда тем-тем пажында азырчаттыр, палачақ азырып, тоқтабан қысқырб-одурчаттыр. Ийги ле солғум небелер азырбанчаттырлар: чииш пыжырчытқан қат анаң поғда машек кебеге алында одур-салып, аӄсынма ӄулаӄӄа төөнче ызайынчаттыр.

«Чаӄшылап, маға айтсаар, ӄайт слердиң машектериң ээде ызайынча?» ӄоруғарып, сурабысты Алиса. Аға паштап чооӄтажарға чаӄша полар ба-полбас па, ол шын оңнабан да полза, чооӄташпасӄа теп тудун-полбады.

«Ол анаң аара,» тедир Герцогиня. «По Чешир Машек—мине, анаң аара ол индиг! Шошӄачаӄ!»

Ӄалғанчы сöстерин ол тың ӄанығып айтӄанда, Алиса турған черинде тура сергибисти. Анаң Герцогиня ол сöстерди палачаӄӄа айтӄанын минде-оӄ пилиб-алып, Алиса пазоӄ айдыбысты:

«Ол Чешир Машектер ӄачен да ызайынчытӄаннарын, оңнабадым-но. Шын айтсаң, *ызайынчын* машектер пар полғанын, мен пилбедим.»

«Оңнапчалар,» теп, айтты Герцогиня. «Анаң парчазы ызайынчалар.»

«Мен пир-да индиг машектер кöрбедим,» ылардың чаӄша чооӄтарынға маттап ÿргÿн-келип, абыр ÿнме айтты Алиса.

«Сен кöбÿзин кöрбедиң,» кезибисти Герцогиня. «Ол аӄтап шын!»

Алисаға ааң айтӄан ÿнÿ аӄтап ӄыныштығ уғулбантыр, анаң по эрбектең алаӄтырып, пашӄа эрбекпе парыбызарға санаптыр. Ӄачен ӄызычаӄ пашӄа сöске кирип чооӄтажарға сананғанда, чииш пыжырчытӄан ӄат ӄазанды кебедең ал-келип, ээде-пееде сöстер айтпан, ӄолунға ноо ла небе ӄапӄанда, ааңма Герцогинебе палачаӄӄа таштап-турды: кÿзегеш, кöбÿрге алчаң щипцаны, кÿрчегеш, ааң пажынға учуӄты; ааң сооба айаӄтар, ӄажыӄтар, анаң чырчылар парды. Ол Герцогиняға пирее небе теп-парған да полза, ӄараӄ ӄажынма да ӄыйратпан-салды; эрте пайоӄ оӄтап, улғапчытӄан палачаӄӄа пирее небе ағрыда теген ба, тегбен ма, Алиса пилбенчаттыр.

«*Слерди* сурапчам, шеберарық пол,» теп, қыйғыр-келип, Алиса қоруққан озуба тура сергиди. «Ой, ақтап пурнунға! Қайран пурнучағы!» (По темде палачақтың эртизе поғда айақ учуғуп, асле ааң пурнун кезе шабыспады.)

«Қачен қайзылары пойуңнуң эбес керегинге кирбен полза,» қарықтап, шалчыныбысты Герцогиня, «По чер қапчаарық айланар эди!»

«Ааның пир-да *чақша небе* шықпас,» керсезин ыларға кöрдÿзерге тем четкенинге ÿргÿнÿп, ынабан-салды Алиса. «Санап ла кöрзаар, кÿнме қараазынға ноо ла пол-парар. Чер чегирбе тöрт соғатқа пир ле эбириш иштебисча...»

«Эбириш?» Герцогиня иштинде ноо-ноо санан-келип, пазоқ ол сöсти айдыбысты. Анаң чииш пыжырчытқан қатқа айлан-келип, айдыбысты: «Аны эбиришке алб-алзаң! Паштап ааң пажын кезе шабыс!»

Алиса қоруғарып, чииш пыжырчытқан қатқа кöрÿбÿсти, ол тезе қызычаққа кöрбен да чиижин пулғаб-одурчаттыр. «*Мен санамда*, чегирбе тöрт соғатқаға,» пöгÿн-келип, Алиса айтты, «ажа, он ийгиге?»

«*Менең* сураба,» тедир Герцогиня. «Мен санма пир-да арғыш полбадым!» Анаң ол пала сарын сарнап-келип, қалған ла куплет соонаң азай палачақты маттап қазыр қағыбыс-келип, пабыйлап-чаттыр:—

«Пай-пай, меең оолагажым,
  Аң-қуш узарға пеленча.
Пай-пай, сен эркечегим,
  Ай қараазын узубанчаң!»

ПРИПЕВ
(Анаң палачақпа чииш пыжырчытқан
  қат ээдоқ сарнадылар):—
«Пай! Пай! Пай!»

Герцогиня ийгинчи купледин сарнап, ол палачақты патлökке тööнче шелип қапқанда, ол пала шийиктажынға, Алиса шала-шула сарын сöстерин пилчаттыр:—

«Қачен оолағыӊ узубанча,
Қайран ичези сойуп, узутча.
Ол перецти кööленер эди,
Кööленерге ле санабанча!»

ПРИПЕВ
«Пай! Пай! Пай!»

«Тут!» теп, кенетки Герцогиня қыйғырыбысты, анаӊ азай чаштыӊ оолағашты Алисаға шелибисти. «Ол сееӊ кöгнÿнге кирчитқан полза, арий аны абытсаӊ. Маға парып, Королеваныӊ крокединге кезинб-аларға керек.» Ээде айт-келип, ол чииш пыжырчытқан қатпаштыӊ шығара чÿтÿрÿбÿсти. Чииш пыжырчытқан қат ааӊ сооба скабрени таштап, саба шелибисти.

Алиса арий-ле-арий-ле палачақты қолдаӊ тÿжÿрбен-қалды: ааӊ шырайы-кöрÿти пашқайарақ полтур, қоллары-азақтары талай чылтыстыӊ ошқаш, аара-пеере öс шық-партырлар. Қайран оолағаш паровоз чилеп пышқырлап, Алиса аны тутқанда, ол паштап тÿгезе ааӊ қолунда öрел-чытқанда, қызычақ арий-ле ол палачақты қолунаӊ тÿжербен-салып, туттыр-но.

Қалғанында, ол пилиб-алды қайде аӊма поларға керек: пир қолунма оӊ қулағынаӊ, пашқа қолунма сол азағын пағлабыст-келип, пир минут салбан, тутты. Ээде ле ол аны ÿгедеӊ ашығыбысты. «По палачақты қоже албан-салзам,» теп, санады Алиса, «ылар аны пир кÿнге чоқ пашқа кÿннеӊ пажында öдÿрÿбизерлер. Минде артыс-саларға—ақтап преступление!» Қалғанчы сöзÿн ол уғулдыра айдыб-ысты, ааӊ сöзÿнге по палачақ қорқулбысты (азырарға тезе ол тоқтап-партыр). «Қорқулба,» тееди Алиса. «Ээде санапчытқан сӧстерин айтпанчалар!»

Палачақ қорқулбысты. Алиса қоруғуп, ноо ааңма полчытқанын кӧрерге теп, чӱзӱнге кӧрӱбӱсти. Ааң шырайы пашқаарақ кӧрӱнӱбӱсти: пурнучағы *индиг* ӧре кӧрчалар, шошқа пурсунға чӱннӱт, қарақтары кичигештер. Ааң шырайы-кӧрӱгин Алиса ақтап қынмантыр. «Ажа, ол ээде ле сорсубусты,» санап-келип, ол қарақ чаштарын табарға теп, ааң қарақтарынға кӧрӱбӱсти.

Қарақ чаштары анда чоғул. «Ноо, мееӊ эркечегим,» тедир Алиса қадығарық ӱнме, «шошқачақ пол-парарға пӧлензеӊ, мен сееӊме паза оӊнашпассым. Пойуӊ кӧрбодур!» Қайран палачақ пазоқ сорсубусты (чоқ пазоқ қорқулубусты ба—айдарға аар!), анаӊ аара ылар шымчаны пардылар.

Алиса ааңма ӱгезинге келзе, ноо иштерге теп, сағышқа кир-кел парғанда, кенетки ол пазоқ ӧткӱр ӱнме қорқулбусқанда, ол қоруғубусты. Қызычақ ааң чӱзӱнге *чақшарақ* кӧрӱбӱскени: ол эӊне шын шошқачақ полтур-но!—Анаӊ аара аппарарға чақша полбас теп, Алиса аны черге тӱжӱрӱбӱскенде, шошқачақ абыр кедре чӱтӱргенин кӧрӱп, ол ээдоқ мағат ӱргӱнӱп, ӱшкӱрӱбӱсти.

«Қачен арий ӧс-парған полза,» теп, санады Алиса, «анаӊ чабал шырайлығ пала полар эди. Шошқачақ пойуба ол найле эркечек кӧрӱнча!» Минде Алиса пашқа оолстарды пӧгӱнӱп-парды, ылардыӊ ээдоқ чақша шошқачақтар полпарар эди теп. «Қайде ылардыӊ шошқачақтар иштебизерге, оӊнабызар ла керек,» теп, санаӊ-келип, шӧчӱбӱсти: Алисаның ырақ эбес, қанче-қанче алтам парзаӊ, шабыллар аразында Чешир Машек одуртыр.

Алисаны кӧрӱп, Машек ызайныбысты ла. Ааң шырайыкӧрӱги тыӊ чобаш полтыр, тырбақтары узун, индиг кӧп тиштиг. Ааңма улуғлап ла эрбектежерге чарар теп, Алиса олоқ озуба пилиб-алды.

«Машегеш! Чешик!» қоруғарып, Алиса пажады. Аға ол қынның полар ба-полбас па, оңнабантыр-но. Машек тезе ақсын ла ээни ажып, пазоқ ызайынбысты. «Че, чақша,» теп, санады Алиса, «Ол ÿргÿнген ошқаш.» Уғузе аaң сурабысты: «Айтсаар, чақшылап, маға қайаға мынаң парарға?»

«Қайаға сен парарға этчаң?» айтты Машек.

«Маға парчын пир...» тееди Алиса.

«Индиг полғанда, қайаға саға парарын ээдоқ парчын пир,» теп, айтты Машегеш.

«...*қайағы ла* полза, пар кирер эдим,» тедир Алиса.

«Пре черге сен қайде-да полза, кирерзиң,» айтты Машегеш. «Маттап ÿÿр парарға керек-но.»

Аaңма ынабасқа чарабас теп, Алиса пашқа эрбеқ пажап, чооқтаныбысты. «Минде кем чатча?» теп, сурады ол.

«Нööл *анда*,» оң тамажынма көргÿс-келип, айтты Машегеш, «Шляпник чатча. *Анда* тезе...» сол тамажынма көргÿсты, «Көрÿкай Қозан. Кемге парарзың, парчын пир. Ылардың ийгилериниң паштары чединместер.»

«Маға алын-парғаннар ноо керек полған?» теп, ынабан-салды Алиса.

«Пир-да небе иштеп полбассың,» айтты Машегеш. «Пис минде парчыларыбыстың улуғ сағыштарыбыс шық-парған—сен да паза мен да индигибис.»

«Слер меең пажым чединменчытқаның қайдың оңнапчызаар?» теп, сурады Алиса.

«Əзе, улуғ сағыжың шық-парып, чöрчаң,» тееди Машегеш. «Əткенде қайт сен миндизиң?»

Ааң айтқан сöзÿ Алисаға най-да шын кöрÿнмеди, ол ааңма сöс талашпан-салып, пону ла сурабысты: «Слердиң паштарың чединменчытқанын, қайдың оңнапчызаар?»

«Пажағанда, адай сағыштығ. Ынапчаң ма?»

«Че, ээде да полза че,» ынабысты Алиса.

«Анаң аара,» айтты Машегеш. «Адай қачен тарынғанда, шалчынча, қачен ÿргÿнгенде, қузурағынма шабынча. Мен тезе ÿргÿнгемде, шалчынчам, қачен тарынғамда, қузурағымма шабыштырчам. Öткенде, меең сағыш чоқ полар-но.»

«Мен кöргемде, сен шалчынманчам, мырлапчаң,» ынабан-салды Алиса. «Қайде да полза мен аны ээде адапчам.»

«Қайде ле саназаң, адабыс,» айтты Машегеш. «По шынық анаң пашқа полбас. Сен пÿÿн Королевада крокет ойун ойнапчаң ма?»

«Мен маттап санам-но,» тедир Алиса, «мени тезе қыырбадылар.»

«Ээде полғанда, анда тоғыжарбыс,» теебисти Машегеш анаң чоқ пол-парды.

Алиса парчын пашқачыларға эштен-партыр, аға най-да танзынмантыр. Туруп, қайде амны Машегеш одурған шабылға кöрб-одурғаны, кенетки ол пазоқ олоқ черинде пол-парды.

«Мине, ноо ол палачақпа пол-парды?» айтты Машегеш. «Мен аның ужун сурабызарға, ундут-салтырым.»

«Ол шошқачақ пол-парған,» ақтап ол антигле айлан-келген теп, абыр айдыбысты Алиса.

«Мен ээде-оқ санадым,» теп, айт-келип, Машегеш пазоқ қарақтаң чит-парды.

Алиса ол, ажа, пазоқ кöрÿнер теп арий қадарб-алып, анаң кöрÿнменчытканда, ол айтқан сöзÿнме Кöрÿкай Қозан чатқан черbelow парды. «Пöрÿк иштиң усчыларын мен кöрдим-но,» айтты ол позунға. «Кöрÿкай Қозан, мен санағамда, ааң қыннығоқ-но. Анаң ам пес айы-но, ажа, ол арий полған пойунға кир-келди—че, кöрÿк айынды чилеп,

эбес.» Минде қарақтарын кӧдӱрбӱскени, пазоқ Машекти кӧрб-алды.

«Сен нооны айттың: „шошқачакқа“ ба чоқ „шошқанакқа“ ба?» сурабысты Машегеш.

«Мен айтқам: „шошқачакқа“,» тееди Алиса. «Слер қайпрезинде ле чоқ пол-парчызаар, анаң кенетки кӧрӱнчизаар? Мееӈ пажым айланышча!»

«Чақша,» тееди Машегеш анаң чит-парды—ам маттап кӧӧчен чоқ пол-парды: паштап ааӈ қузуруқтың ужу читпарды, қалғанында—ызайыныжы; қачен ӧскези тооза читпарғанда, ааӈ ызайыны челде тың ӱӱр кӧрӱнӱп туртыр-но.

«Эккей!» теп, санады Алиса. «Мен ызайын чоқ машектерди кӧргем-но, поӈ ызайын пар, машеги чоқ! По чажымға чадып, эӈне пашқачыл небени кӧрдим.»

Чӱтче аара парып, Кӧрӱкай Қозанның ӱгезин кӧрб-алды. Наал-парарға чарабас полтур—қозан тӱктеӈ иштиген чабығда ийги турба турчаттыр, ылар қозан қулақтарынға тӱрсӱнӱтдиң ужун қайғаллығ полтур. Ӱге индиг поғда полған полтур, паштап Алиса мешкечектиң сол кезегежинеӈ қанче ле керегин чииб-алды. Ийги футқа тӧоӈче öскенинче арий қадарб-алып, ол қоруғарып, ӱгеге парды. «Ажа, ол Қозан алын-парып, амда қазыр?» теп, санады қызычақ. «Шляпникеге парарға керек полған-но!»

П А Ж А Л Ы Қ   VII

С а ғ ы ш   Ч о қ   Ш а й ы ш

Ӱге чанында турчытқан ағаш тӧзӱнде аш-табақпа салылған терги туртыр, терги кексинде Кӧрӱкай Қозанма Шляпник шай ишчаттырлар; ылардың аразында Соня теп Шышқан маттап тың ус-чаттыр. Шляпникпе Қозан аны частық чилеп тӧжен-салып, ааң пажынче чооқташчаттырлар. «Қайран Соня,» теп, санады Алиса. «Қайде, ажа, аға эштиг эбес! Че, ол ус-чытқан полза, аға парчын пир полар-но.»

Терги поғда полған полтур, шай ишчытқаннары пир чанында толуғашта одур-салтырлар. Ылар Алисаны кӧрб-алып, қыйғыртырлар: «Чер чоқ! Чер чоқ!» «Чер минде *қанче ле кереги* пар!» теп, тарыныбысты Алиса анаң терги пажында турчытқан улуғ креслоға одур-салды.

«Қызыл араа ижибис,» айдас ӱнме айдыбысты Кӧрӱкай Қозан.

Алиса тергизара кӧрӱп, анда шай ле полтур, паза пир-да небе чоқ. «Мен минде қызыл араалар кӧрбенчам-но,» тедир ол.

«Эккей! Ол минде чоқ-но!» тееди Кӧрӱкай Қозан.

«Нööрӱк слер маға арааны перерге этчазаар?» тарыныбысты Алиса. «Ол айта-ла чақша эбес.»

«Сени қыырбанда, нööрӱк одурубыстың?» тееди Кörӱкай Қозан. «Сен ээдоқ кижини тоолабанчаң!»

«По терги *саға* ла теп, оңнабадым,» тедир Алиса. «Минде айақпа қажықтар кöп-но.»

«Сеең шажың найле öс-партыр!» кенетки айдыбысты Шляпник. По темге тööнче ол Алисаны қыннықтыра кöрӱп, шым полтур. «Саға шаштарың кестирерге керек.»

«Слер пашқа кижи керегинге кирбеске ӱргенмаллар,» қаныгарып, айдыбысты Алиса. «Ол маттап ордас-но.»

Шляпник қарағын поғда эт-келип, ноо айдар сöзӱн таппан-қалды. «Қусқун конторлығ тергеге ноозын ма чӱннӱт?» сурабысты ол, қалғанында.

«Пееде чақша-оқ,» теп, санады Алиса. «Табышқақтарба—аланче ӱргӱнӱжарық полар...» «Мен кöргемде, табышқақтың керек сöзин тап-перерим,» тедир ол уғуза.

«Сен айтчазың, по табышқақтың керек сөзин оңнапчаң ма?» сурабысты Көрӱкай Қозан.

«Ақтап шын,» ынабысты Алиса.

«Ээде айдарға керек полған,» айтты Көрӱкай Қозан. «Ноо санап-чатқанын қачен да айдарға керек.»

«Мен ээде-оқ иштепчам,» қапчы айдыбысты Алиса. «Полғаны-ла полза… Полғаны-ла полза, мен қачен-да айтқамче, пöгӱнмалчам… ол тезе парчын пир…»

«Ақтап пир эбес-но,» тоғра айдыбысты Шляпник. «Сен, ажа, по сöстер: „Мен кöрчам, нооны чиипчам“ паза „Мен нооны кöрчам, аны чиипчам“, ол парчын пир! теп, айдарзың.»

«Сен, ажа, паза айтсаң: „Ноо пар полғанда, кööленчам“ анаң „Ноо кööленгемде, пар полча,“ ээдоқ парчын пир!» тееди Көрӱкай Қозан.

«Сен, ажа, айдарзың,» қарағын ашпан, айтты Соня „Мен усчытқамда, тынчам“ анаң „Мен тынчытқамда, усчам“, ол парчын пир!»

«*Саға* қаченда, по парчын пир полар-но!» теп, айтты Шляпник, поға ылардың чооқтары тоқтап-парды. Пир минут шени парчылары шым одурдылар. Алиса одурчат, ол қусқунма конторканаң кöп чоқ оңнаған небелерин пöгӱнмаларға санаптыр.

Паштап Шляпник эрбектенбисты. «Пӱӱн кӱннең қанченче санчызы?» Алисаға айлан-келип, сурады анаң изебинең чазын шығарыбысты. Ол қоруғарық чазынға кöр-келип, аара-пеере силгиб-алып, қулағынға салынды.

Алиса санап-келип, айдыбысты: «Тöртинчи.»

«Ылар ийги кӱнге чöйлепчалар,» теп, ӱшкӱрӱбисти Шляпник. «Мен айтқам-но: ыларды қайақпа шилерге чарабас!» тарынғанче Көрӱкай Қозанға айлан-келип, айтты.

«Қайақ *эңне наа* полған,» чуққа айтты Қозан.

«Әзе, ажа, аға қалеш ундуқтары кир-парған,» теп, шал-чаныбысты Шляпник. «Қалеш кесчин пычақпа қайақты шилебес керек полған.»

Кӧрӱкай Қозан чазынға чабаларық кӧрӱп, анаң алб-алып, шайлығ айаққа салыбыс-келип, пазоқ кӧрӱбисти. «Пӱдӱндирчам, қайақ *эңне наа* полған,» айтты ол. Паза ааң сағыжынға пир-да небе кирбентир.

Алиса ааң чарныңнаң тың қыныққанче кӧр-чаттыр. «Қайдығ қатқылығ час!» тееди ол. «Ылар соғадын кӧргӱс-пен, санчызын кӧргӱсчалар!»

«Ноо минде антигле эбес?» эрбектенибисти Шляпник. «*Сееӊ* чазың чылды кӧргӱсча ба?»

«Чоқ, чоқ,» айдыбысты Алиса. «Чыл маттап ӱӱр шӧйӱлча-но!»

«Ол *меең* ээдоқ-но!» тееди Шляпник.

Алиса актек-пол-парды. Шляпниктиң сӧстеринди ақтап пир сағыш чоқ ошқаштар, ӧзалынаң ла айтқан сӧстери пилгедиктер. «Мен сени четтире пилбенчам,» тедир ол чақшарақ ӱнме.

«Соня пазоқ усча,» айтты Шляпник анаң ааң пурнунға изиг шай шажыбысты.

Соня ачығланыжаба пажынма чайқаныбыс-келип, қарақтарын ашпан, айдыбысты: «Әзе, әзе, мен саға аны-оқ айдарға эткем-но.»

«Табышқақты таптың ма?» пазоқ Алисаға айлан-келип, сурабысты Шляпник.

«Чоқ,» айтты Алиса. «Мен қолум салынчам. Қайдығ тапқан сӧстери?»

«Ақтап пилбенчам,» тееди Шляпник.

«Мен ээдоқ,» айтты Кӧрӱкай Қозан.

Алиса ӱщӱкӱрӱбисти. «Слерге небе иштечең чоқ полған-да,» ачығлан, айтты ол, «нандырыш чоқ табышқақтарба турушқанче, пирее артық небе пӧгӱнӱбизерге керек-но. Пееде слер теген ле тем чидирчызаар!»

«Сен мен-оқ чилеп ол Темни оңнаған ползаң, поны айтпас эдиң,» тееди Шляпник, «*Аны* чидирбессиң! *Индиг эбеспе тудушчызаар!*»

«Пилбенчам, ноо айдарға этчазаар» тедир Алиса.

«Эзе-эзе!» чискинишкенче, пажынма чайқабысты Шляпник. «Сен аңма ажа пир-да чооқтышпазың!»

«Ажа, чооқтышпадым,» шеберле ӱндӱшти Алиса. «Антебе мен қанче-қанче қада пӧгӱнгем, қайде ол темни ӧдӱрӱ-бизерге!»

«А-а! Индиглерди тооза пилчам,» айтты Шляпник. «Темни одӱрӱбизерге! Аға индиг небе қынныг полар ба! Сен аңма тартышпан ползаң—ноо ла саназаң, сурар эдиң. Қачен эртен тоғус соғат полғанда—саға уроқаға парарға керек. Сен тезе аға сӧзӱчегин шӧптебиссең-не—п-пир!— соғаттың стрелқалары алына чӱтӱрӱбисча! Ийги частың чарымға четкенде, тӱшкӱ чиижи келча!»

(«Мине чақша-но!» кӧӧчен ӱшӱкӱрӱбисти Кӧрӱкай Қозан.)

«Эзе, ол мағат чақша полар эди,» санан-келип, тееди Алиса, «мен чииштең аштабассым-но.»

«Паштап, ажа, чоқ,» айтты Шляпник. «Сен тезе ол стрелқаны ийги чарым соғатқа қанче ле саназаң, тударзың.»

«Слер ээде-оқ *иштерзаар ба?*» теп, сурады Алиса.

Шляпниктиң шырайы қарал-парып, пажынма чайқаны-мысты. «Чоқ,» айтты ол. «Пис аңма кӧрӱк айында тартыш-балғабыс—*ол по* (қажығашпа Кӧрӱкай Қозанға кӧрдӱ-бисти) алынғанче полған-но. Королева улуғ концерт перген, мен „*ӱгӱ сарынын*" сарнар эткем.

„Мееӊ ӱгӱчегим сен нийчазың!
Сееӊме ноо полча, пилбенчам!"

Сен ол сарынны оңнапчаң ма?»

«Қаченда-да индигоқ-ты мен укқам,» тедир Алиса.

«Анаң аара по пееде,» пазоқ тееди Шляпник.

> *„Тегри ӱстӱнӱде тегри қуру чилеп,*
> *Пистиң сен мӧзӱк турчазың!“»*
>
> *Тӱплетчазың, тӱплетчазың…“»*

Минде Соня шӧчӱбӱсты, анаң усчат сарнабысты: «*Тӱп-летчазың, тӱплетчазың, тӱплетчазың, тӱплепчазың…* » Ол пир-да тоқтап-полбантыр—Қозанма Шляпник аны тоқтадыбызарға теп, ийги чанаң шимчибистилер.

«Паштапқы ле купледин тозубусқамда, кем-кем айтты: „Эзе, ол шым полғанда, чақша-но, по темди ле ӧдӱрӱ-бизерге керек-но!“ Минде Королева шағана қыйғырыбыс-қаны: „Тем ӧдӱрӱбизерге! Ол Тем ӧдӱрӱбизерге санапча! Ааң пажын кезе шабар!“»

«Адаңмада қадығланыш!» қыйғырыбысты Алиса.

«Ол темнең ала,» пазоқ қунанып, тееди Шляпник, «Тем маға пир небе иштебес-но! Анаң ол часта қаченда-да алты ла час...»

Минде Алисаның пажынға кирди. «Анаң-аара минде шайға чииш салыл-парған ма?» теп, сурады ол.

«Әзе,» ӱшкӱрӱп, айтты Шляпник. «Минде қаченда-да шай ишчең тем. Писке тергени да чӱнерге тем чоқ!»

«Теген ле пашқа черге одурчазаар ба?» сейзибисти Алиса.

«Ақтап шын,» тееди Шляпник. «Пир айақ шай ижибис-келип, пазазын ижерге одурчабыс.»

«Қачен пазоқ паштапқа чедибиссар, ноо полар?» сурабысты Алиса.

«Пашқа чолға кирип, чооқтажаңнар ба?» Кӧрӱкай Қозан ақсынма эн әзибис-келип, сурабысты. «Мен по чооқтарды уғуп, арын-пардым. Мен сурарға этчам: по абаққай қысчақ пискеге ныбақ чооқтап-перзин-но.»

«Қоруқчам, мен пир-да небе оңнабанчам,» теп, қоруғубысты Алиса.

«Әәде полғанда Соня чооқтап-перзин,» қыйғырыбысты-лар Шляпникпе Қозан. «Соня, усқан!»

Соня кӧӧчен қарағын ажыбысты. «Мен узарға да санабам,» теп, қарықтығ ӱнме ол шӧптебисти. «Минде слер ноо айтқанзаар, мен парчын уққам.»

«Ныбақ чооқтап-пер!» теп, сурады Кӧрӱкай Қозан.

«Әзе, чақшылап, чооқтап-перар,» тееди Алиса.

«Анаң маңзыра,» айтты Шляпник. «Ам пазоқ узубузар-зың!»

«Пурунда ӱш қыс туңмачақтар пайлап чатқаннар,» қапчы пажап-турды Соня. «Ыларды Элша, Лиаса анаң Тилли теп, адаптырлар, ылар кӱдӱктиң тӱбӱнде чаттыр-лар...»

«Ноо ылар анда чиип чатқаннар?» теп, сурабысты Алиса, ол қаченда-да кижилер ноо ашпа-табақ чиипчатқаннарың оңнарға санапчаттыр-но.

«Кисель,» айтты, арий санап, Соня.

«Қаченда-да пир ле кисель ишченнер ба? Ол ээде пол-банча,» чымчақ үнме айтты Алиса. «Ылар ол шенде ағрыбызаар эдилер.»

«Ылар анаң ағрыбысқаннар,» тедир Соня. *Магат тың ағрыбысқаннар.*»

«Қайде пееде по чашқа пирле кисель ишчалар теп,» Алиса санап көрди, анаң маттап пашқачылба қайғаллығ полғанаң аара ол сурабысты: «Қайт ылар күдүк түбүнде чатқаннар?»

«Қайт сен шай ишпенчең,» теп, ойнабан Көрүкай Қозан Алисаның сурабысты.

«Мен пир-да небе ишпедим,» тарынып, айтты Алиса. «Анаң аара мен көп иш-полбанчам.»

«Сен, ажа, *ас* шайды иш-полбанчам теп, айдарға этчаң,» тееди Шляпник «пир-да ишпенинче, көп ижибизерге ниик-но.»

«*Сен* ноо теп санапчатқанын, пир-да кижи сурабанча,» тедир Алиса.

«Ам кем пашқа кижиниң керегинге кирча?» үргүнүп, сурабысты Шляпник.

Алиса ноо аға айдарға оңнабады. Ол пойунға шай ур-келип, қалешке қайақ шилебисти, анаң Соняға айлан-келип, пазоқ сурағын сурабысты: «Қайт ылар күдүктиң түбүнде чатқаннар-но?»

Соня пазоқ санаң-келип, қалғанында, айтты: «Күдүктиң түбүнде кисель ле полған полтур.»

«Индиг күдүктер полбанча,» өкпеленип, айтты Алиса. Ол Шляпникпе Көрүкай Қозан аға қышлабыстылар, Соня тезе тарыңарық эрбектенди: «Сен пойуң тудунманчытқан-да, четтире чооқтабыс!»

«Тарынмылар,» тееди Алиса. «Чақшылап, чооқтаа, мен паза арлашпассым. Ажа, пре черде индиг *пир* күдүктер пароқ полар-но.»

«Ээдоқ айдарзың—„пир!"» теп, пышқырыбысты Соня. Ол анаң аара чооқтап-перерге ынабысты. «Поны слерге айдарға керек, ол үш қыс туңмачақтар сусқанып, чатқаннар…»

«Сусқанып чатқаннар ба?» пазоқ сурабысты Алиса. «Ылар суғдең сусқанғаннар ба?»

«Суғдең сусқабаннар-но,» тедир Соня. «Ылар омашпа кисель сусқаннар.»

«Маға арығ айақ керек,» тоғра кирип, арлажыбысты Шляпник. «Че, аара ийдиннар.»

Анаң ол ааң чанында турчытқан тақтаға одурубусты. Соня черинге одур-салды, Көрүкай Қозан—Соняның черинге парды, Алисаға тезе кирерге чер чоқ полғанда— Қозан орнунға одур-салды. Пир ле Шляпник парчын удб- алтыр; ол Көрүкай Қозан амны айағынға сүт көдежин айландырыбысқаннаң аара Алиса маттап уттырған полтур.

Алиса пазоқ Соняны тарындырарбасқа санап, көөчен сурабысты: «Мен ақтап пилбенчам… Қайде ылар анда чатқаннар?»

«Нооны пилбенчаң,» тееди Шляпник. «Палықтар суғде чатчар-но. По туңмачақтар тезе киселде чатқаннар! Пилдиң ма, алығ паш?»

«Қайт?» Шляпниктиң қалған сөзүн уқпан чилеп, сурады Алиса Соняны.

«Ылар *кисельный* абаққай қыстар полғаннаң аара.»

Ааң айтқан сөзү қайран Алисаны мағат актек иштет- салғанда, ол шым полубыстыр.

«Ылар ээде чатқаннар-но,» эзинип, қарақтарын чыжын- келип, уйға үнүнме пазоқ айтты Соня, «Палықтар чилеп

киселде. Пазоқ ылар полған ла небени қастаптырлар…
парчын М-ге пажалчытқан небелерди.»

«Қайт ол М-ге?» теп, танзыбысты Алиса.

«Қайт ээде полбачын-но?» тееди Көрӱкай Қозан.

Алиса шым полубусты.

Соня ол темде қарақтарын чабыс-келип, сабықсаныбысты. Минде Шляпник аны шағана шимчибискени, ол қысқырып, усқаныбысты. «…пажалча М-ге,» айтты ол. «Ылар малларды қаастаптырлар, анаң мырчақты, математиканы, множествованы… Сен қачен-преде қайде множестваны қаастапчытқаннарын көрдиң ма?»

«Нооның множествованызын?» сурады Алиса.

«Пир-да небе,» айтты Соня: «теген ле множествованы!»

«Оңнабанчам,» теп, пажады Алиса, «ажа…»

«Оңнабанчатқаңда, шым пол,» теп, ааң чоғун ӱзӱбӱсти Шляпник.

Индиг қадығ сöстерин Алиса шидеп-полбады: маттап қанығыба тур-келип, кедере парыбысты. Соня миндоқ узабысты, Қозанма Шляпник Алиса парчытқанын кöрбен-салдылар. Алиса парчадып, ажа, аны қарча қыырарлар теп иженип, пир қада ба чоқ ийги қада ыларға айланып, кöртир. Қалғанында парчат айланыбысқанда, ылар Соняны чайниқа сукчытқаннарын кöрб-алды.

«Мен паза анаара пир-да парбассым!» теп, чыш аразынаң шық-парчадып, эрбектенди Алиса. «Мен по чажымға индиг сағыш чоқ шайышты кöрбедим!»

Минде ол пир ағашта эжик кöрб-алды. «Қайдығ пашқачыл! Əзе, пÿÿн парчын пашқачыл небе полча. Ол эжикке кир кöрейин,» теп, санабысты Алиса.

Анаң ээде-оқ иштебисти—пазоқ узун қатпашта турчытқан кÿген терги алында пол-парды. «Че, ам мен керсече поларым,» тедир ол пойунға, анаң килижек алб-алып, паштап ла садқа кирчытқан эжигешти ажыбысты. Соонаң ол мешке алб-алып (пир кезегеш изептеринде қалтыр), футқа тööнче öскенинче, тайнан-турды. Анда ол қыза коридорба парып—анаң *қалғанында* қайғаллығ сад иштинде чарық чайықтарба сооқ фонтан аразында пол-парды.

ПАЖАЛЫҚ VIII

Королеваның Крокеды

Садқа кирчытқан черинде поғда ақ-қызыл арал ӧс-чаттыр. Анда ақ толана теп чаккийеқ ағар-чаттыр, ааң алында ӱш садовниктер тур-келип, ыларды маттап қып-қызыл сырғаба сырлап-чаттырлар. Алиса таңзын-парып, ноо полчанын оңнаб-аларға теп, ылардың қыры-йынға пас-парды. Пар-чат, уққаны пир садовниқазы пашқазынға айт-чаттыр: «Шеберле пол, Пеш-қартазы! Пазоқ сен мени сырба шачылыбстың!»

«Мееӊ қыйалым чоқ,» тарынып, айтты Пеш-қартазы. «Ол Четти-қартазы мени шығанақ алтынаң ийдибисти!»

Четти-қартазы аға кӧрӱп, айтты: «Шын, Пеш-қартазы! Парчын пашқаларға найнаб-одур!»

«Сен шым полб-одурзаң,» тееди Пеш-қартазы. «Кечен Королева сееӊ пажыңны пайоқ кезибизер керек теп, айт-қанын, мен пойумнуӊ қулағымма уққам!»

«Ноодаӊ ужун?» паштапқы садовниги сурабысты.

«Сени, Ийги-қартазы, ол тегбенча!» кезибисти Четти-қартазы.

«Чоқ, *тегча*,» тееди Пеш-қартазы. «Ноодаң ужун мен аға айдыбызарым. Ол чииш пыжырчытқан қатқа оқсумның орнунға тюльпан чаккийектиң осқумначақтарын аккелтир-но!»

Четти-қартазы сырлапчытқан кистезин шелибисти. «Че, оңнапчызаар, индиг шын эбес полғанда…» теп, пажапчат, минде Алисаны көрүп, ол тоқтап-парды. Ийги пашқалары айланыш-келип, анаң ӱжелизе Алисаға төбүн мендилиш-тилер.

«Чақшылап, айтсаар маға» чобаш, сурады Алиса, «нӧӧрӱк слер по по толаннарды сырлапчызаар?»

Пеш-қартазыба Четти-қартазы пир-да небе айтпан, Ийги-қартаға көрүбүстилер—ол шымчаны айдыбысты:

«Пилчаң ма, абаққай қысчақ, минде қызыл толаннар одурт-саларға керек полған, пис алығлар, ақтарды одур-салдыбыс. Қачен Королева оңнабалза, пистиң оңнап-чазаар ба паштарыбыс кезе шабызаар-но. Анаң аара пил-чаң ма, абаққай қысчақ, ол келгенче, пис минде тың киченчабыс...» Ол темде Пеш-қартазы (ол маң-сайа ла садқаға көрб-одурчаттыр) қыйғырыбысты: «Королева! Королева!» Садовниктар паштарыба пашқойлап, черге тӱш-пардылар. Анаң азақ тепсектери уғул-қалды. Алиса айланыб-ысты—ол най-ле Королеваны көрерге санаптыр.

Аақ алында қолунда пиктар тудунып, он шериг пар-чаттыр; ылар маттап Садовниктарға тӱрсӱннӱглер—индығоқ чиишкилер анаң төрт толуқтығлар, толуқтарында қоларба-азақтар. Ылардың сооба придворныйлар пар-чаттырлар; ылардың кескен кептери креспе тиктирген полтур, ылар ийгидиң шериглер чилеп, пар-чаттырлар. Придворныйлардың сооба короловалардың палылары чӱгӱр-чаттыр, ылардың кептеринде алтын чипе қаастап тиктирген чӱрегештер көрӱнтир; анда ээдоқ он полтур; әрке палачақтар қолларыннаң тудун-пар-чат, ӱргӱнӱш-кенче ыстыр-чаттырлар. Ылардың сооба аймақчылар пас-чаттырлар, көбӱзе Корольларба Королевалар. Андоқ Ақ Кролик пас-чөртир; ол ноо-ноо қапчы өкпеленгенче әрбектен-кел, анаң парчыларынға ызайын-чаттыр. Ол Алисаның әрте парып, аны көрбен-қалтыр. Аймақчылар-дың сооба Қызыл Валет партыр, ол қызыл частыкқа коро-наны салып, аппар-чаттыр. Әңне улуғ чоруқтан соонаң **ҚЫЗЫЛ КОРОЛЬБА КОРОЛЕВА** партырлар.

Алиса көп чоқ соқсулчаттыр: ажа, индиг улуғ чоруқты көрӱп, ээдоқ ӱш садовниктер чилеп, пажынма черге тӱжӱп, пашқойларға керек полған теп? Қайде аға иштеченин ол пир керек чозақтар уқпантыр. «Че, көдӱре қачен парчы-лары пажынма төбӱнге тӱш-чат-парза, нооға миндиг улуғ чоруқ эдерге? Теп, сананды ол. «Черге түш-парып, пир-да небе көрбен қаларзың...» Анаң ол тур-қалды.

Қачен ол улуғ чоруқ Алисаба теңнеп-парғанда, парчылары тур-салып, аға кет-пардылар, Королева қазыр ӱнме сурабысты: «По пазоқ кем?» Ол Валеттың сураптыр, ол сӧс айтпан, ызайын-келип, мендилишти.

«Алығ паш!» тарынғанче пажынма чайқанып, таштабысты Королева. Соонда ол Алисаға айлан-келип, сурады: «Сееӊ адыӊ кем, пала?»

«Слердиң Величествовазы оӊнарға саназа, мени Алиса теп адапчалар,» чақша ӱнме айтты Алиса. Пойунға тезе аға қожа санады: «Че, по пир колода қарталар-но! Чӧӧк ыларды қоруғарға?»

«По анда кемнер?» падырбажынма ол аралар айландыра кел-түшкен садовниктарға кӧргӱс-келип, сурабысты Королева. Ылар чӱстеринме тескире чат-чатырлар, кескен кӧгнектери ол қолоданың парчазы тең полғанынаң ужун, ол садовниктар ба, шериглер ба, чоқ придворныйлар ба, ажа, ааӊ пойуӊнуӊ палылары полған ма, Королева оӊнабан-чаттыр.

«Қайдыӊ мен аны оӊнапчам,» қоруқпанаӊ аара пойу таӊзылып-келип, айтты Алиса. «Мени ол тегбенча.»

Қанық-келип, Королеваның чузу қызар-парды, ол аӊ чилеп, қарақтарынма аға кӧрӱп, полған ӱнӱнме шақтабысты: «Пажын кезе шабызар! Кезе шабызар...»

«Чарабас сӧстер айтчазаар!» мағат ӱн салып, айдыбысты Алиса. Королева шым полубысты.

Король ааӊ қолун тегибис-келип, чобаш ӱнме айдыбысты: «Сананмал, арғыжағым! Ол кичиг пала-но!»

Королева тарынғанче пура шабылып, Валетқа айтты: «Пыларды айландырыбыс!»

Валет ол садовниктарды азақ пажынма шеберле айландырды.

«Турар!» өткүр ӱнӱнме қыйғырды Королева. Садовниктар тура сергип, парчазы Королеваға, Корольға, ылардың палыларынға, анаң парчазынға мендилиштилер.

«Амоқ тоқтабызаар!» теп, шийиктебисти Королева. «Слердиң мендилештеринге меең пажым айланыбысты!» Анаң ол толана чаккийктерге көрӱп, айтты: «Слер минде ноо *иштепчазаар?*»

«Слердиң Величествазы уғарға саназа,» Ийги-картазы пир тизегинге тур-келип, чобаш ӱнме пажап турды, «Пис санабыс...»

«Маға парчын *пилгедиг!*» толана чаккийектерге көрӱп, маттап шынықтап, тееди Королева. «Ылардың паштарын кезибизаар!» Ол чоруқчылар анаң аара пас-пардылар. Үш ле шериг ол Королеваның приговорын иштебизерге теп, тудун-қалдылар. Ырыс чоқ садовниктер Алисаға полушсың теп, чүгүрдилер.

«Слерди öдүртирерге пербессим!» теп, Алиса айт-келип, анаң қыйзында чаккийек öстүрчытқан поғда кöдешке ыларды суғубысты. Үш шериглер анара-минара тилеп чöрүп, анаң абыр öскелерин четб-аларға, пардылар.

«Че, ылардың паштарың кезе шаптар ба?» қыйғырды Королева.

«Ылардың паштары чоқ пол-парды, Слердиң Величествазы!» оқтабыстылар шериглер.

«Мағат чақша!» теп, шақтабысты Королева. «Крокетқа ойнаң ма?»

Шериглер шым пол-келип, Алисаға кöрүбүстилер: ол Королева ааң сураған полтур-но.

«Ойнаңнар!» қыйғырыбысты Алиса.

«Әәде полза, параң!» теп, мақтабысты Королева. Алиса актекпе анаң аара ноо полар-но теп, пойуңнуң сурап-келип, аймақчыларға кирди.

«Қайдығ... қайдығ пүүн чақша айас күн, шын ма?» чобаш үнме кем-кем айдыбысты. Ол қарағын öре кöдүрип, кöргени, ааң қоштаа арыныштыра чүзүнге кöрүп, Ақ Кролик пар-чаттыр.

«Әзе, мағат чақшы күн,» теп, ынабысты Алиса. «Герцогиня қайда-но?»

«Ш-ш-ш!» қоруғарық айландыра кöрүнип, қышлабысты Кролик. Ол азақ пажынға тур-келип, ааң қулағынға сыбырашты: «Аны öдүрттирерге айтқаннар.»

«Ноодаң ужун?» таңзылыбысты Алиса.

«Сен, ажа, айтқазың: „Қайдығ ачыштығ"?» сурады Кролик.

«Санабадым да,» тееди Алиса. «Ол маға ақтап ачыштығ әбес! Мен айтқам: „Ноодаң ужун?"»

«Ол Королеваның наағын шаптыр-но,» айдыбысты Кролик. Алиса ÿргÿнгенче пышқырыбысты. «Чуққа пол!» қоруғубусты Кролик. «Кöс ол Королева уқб-албазын! Пилчаң ма, Герцогиня айбыныбыстыр, Королева тедир…»

«Парчазы черлеринге парар!» кÿзÿрек ÿнÿнме қыйғырыбысты Королева. Анаң парчылары, öзре шажылышкелип, кел-тÿжÿп анаң тура сергип, чÿтÿрдилер. Пир минут эрткенде, парчылары черлеринде тур-салғанда, ойун пажалып-турды.

Алиса по чажынға крокет ойнапчытқан индиг пашқачыл чер көрбен теп санантыр: айдаңна оймақтарба тöңзелештер. Тоғланчықтарға тириг кирпилер пол-турлар, масқачақтар—тириг фламинғалар, паратылар тезе—шериглер. Ылар чардық салыл-келип, анаң азақтарынға-қолларынға туруп, парата пол-салтырлар. мостучақ иштептирлер—анаң ойун тоозылғанче, ылар анда ээде туртырлар.

Паштап Алиса ол фламинғаба пир-да небе иштеп полбантыр: аны қолтуқ алтынға пажынма тöбÿн суғубысқанда ла, анаң азағын аара иштеп-салып, кирпини кöстеп-келип, шабар ла этсе, ол мойнун ал-келип, анаң қарағынға маттап таңзылан кöргенибискенде ле, Алиса қақтырарға пажапча. Қачен пазоқ ааң пажын тöбÿнге иштеп-салып, кöрзе!—алында кирпи чоқ, ол пурул-келип, кööчен кедре чÿгÿрб-одурча. Аға қожа парчын кирпилер оймақтарба тöңзелештерге кир-парчаттырлар, шериглер тезе паратачақтарды қайра таштап, пашқа ужу-чаңға парыбысчалар. Чÿтче тем эрткенде, Алисаға ол ойун тың аар теп кöрÿнтир.

Ойунчылар пойу чергемнерин қадарбан, парчылары сыраңай шапчаттырлар, анаң маң-сайа кирпилердиң ужун тартыш-келип, уруш-чаттырлар; арий тем эрткенде Королева маттап қанығып, азақтарынма тебин-келип, полғанда ла қыйғырчаттыр: «Аға пажын кезибизаар! Ааң пажын долой!»

Ол Королеваба ам пир-да небенең шығара талаш полбан да полза, тем пажында қачен-қачен талаш полар теп, Алиса сағышқа қалчаттыр. «Анда мееңме ноо ла полар?» теп, санады Алиса. «Минде мағат паштар кезерге кööленчалар. Пашқачыл-но, қайт минде пре-кижи кöдÿре тириг чöрча!»

Ол айландыра кöрÿнип, қачен кижи кöрбенчытқанда чÿгÿрÿбузерге санағанда, кенетки ааң пажыңнаң ÿстÿнде пашқачыл небе челде кöрÿн-парды. Паштап Алиса ол ноо-ноо небези полғанын пилбентир, пир ле минут эрткенде, по чағыс ызайынышты оңнабалып, айттыр: «Ол Чешир Машек; ам маға кем ме чоқташчаным пар.»

«Че, қайде сеең чадығың?» қачен ааң айтчын ақсы кöрÿнÿбискенде, сурабысты Машек.

Қачен Машектиң қарақтары кöрÿнгенде ле, Алиса пажынма ээлибисти. «Аға ам айтсаң, ол уқпас. Қадарбалайын қачен ааң ийги қулақтары этпези пир да қулағы көрӱн-парзын» теп, санады ол! Пир минут эрткенде ааң парчын пажы көрӱн-парды; Алиса фламинғаны черге сал-салып, ааң уқчын Машегеш пар теп, ӱргӱн-келип, пойуң-нуң чооғун пажап-турды. Машек тезе минде пажы ла чедер теп, анаң аара паза көрӱнмен-салды.

«Мен көргемде, ылар ақтап ээде эбес ойнапчалар,» тееди Алиса. «Шын чоқ, анаң парчазы қыйғырыш, пойуңнун ӱннерин да уқпанчалар. Чозақ чоқ ползы да аны пир-да кижи көрбенча. Слер оңнабассар, қачен сеең эбире парчын тириг небелербе, қайде шедик ойнарға. По пара-тақтарға кирер эткеним, ылар площадқаның пашқа чанында чӧрерге парыбыстылар! Ам мен амоқ Королева-ның кирпезин қачырыбызаар эдим—ол меең кирпимни көрӱп ле, чӱтӱрӱбӱскен!»

«Ол Королева сеең көңнуге кирген ме?» чукқа сурабысты Машек.

«Ақтап көңнӱмге кирбенча,» тееди Алиса. «Ол индиг…» По темде Алиса ааң кестинде Королева туруп, ылардың сӧстерин уқчытқанын, көрб-алды. «…индиг чақша ойнап-ча,» қапчы айдыбысты Алиса, « керек сыраңай ааң қолунға кирибис.»

Королева ызайын-келип, парыбысты.

«Кемме сен эрбектешчазың?» азылчытқан Машектиң пажын қыннығанче көрӱп, Король Алисаның сурабысты.

«Ол меең арғыжым, Чешир Машек,» айтты Алиса. «Слербе таныштырарға…»

«Ол маға ақтап қынныг эбес,» тееди Король. «Аға керек ползa, меең қолум тунчуқтабыссын-но.»

«Мен най-да санабанчам,» айтты Машек.

«Сен маға ордаста ба,» эрбектенди Король. «Анаң маға ээде көрбе.» Ол Алисаның кексинге чажын-парды.

«Машектер корольлерге көргенде, тоқтадарға чарбас,» тедир Алиса. «Мен ол чозақты қайде-қайде қыырғаным, ам пилбенчам.»

«Чоқ, аны алыбызарға керек,» айдас ӱнӱнме айдыбысты Король. Ылардың эрте парчытқан Королеваны көрӱп, ол қыйғырыбысты: «Тынычағым, по машекти кедре алыбыс- сыннар теп, айт!»

Улуғ да кичиг да керектерге по Королеваның пир ле чозақ пар полтур. «Аақ пажын кезибизаар!» көрбен да ол қыйғырыбысты.

«Мен пойум да палачты аккелерим!» ӱргӱнӱп, айтты Король анақ чӱгӱрӱбӱсти.

Королева өткӱр ӱнме ырақтақ ноо-ноо айдып, қыйғыр- чытқанын Алиса уғуб-алып, ноо анда полчытканын көрерге парды. Анда Королева очередьтарын эртибискен ӱш ойунчылардың паштарын кезе шабарға айтчытқанын, уғуб-алтыр. По минде парчын полчытқан небелер Алиса- ның көгнӱнге кирбен-чаттыр-но: эбире индиг путаница полтур, ол ақтап пилбен-қалтыр, қачен аақ чоруғу. Анақ кирпичегин оймағаштарда тилеп чөрӱп, ол қарча нан- парды.

Алиса аны миндоқ көрб-алды—ол пашқа кирпебе уруш- чаттыр. Оно, ам мағат чақша тем пирсын ийгинчизинме крокировать эдибизерге; шедик ле полар, по Алисаның фламинғазы садтың пашқа чанын ужунға парыбыс-келип, ағаш пажынға учуғарға санап, қанаттарынма ла шабын- чаттыр-но.

Қалғанында, қачен Алиса аны тудб-алып қарча аккел- гени, урушқан кирпилер тоқтап-парып, чӱгӱрӱбистирлер. «Че, ээде да полза,» теп, санады Алиса. «Парчын пир пара- тақтар ээдоқ парыбысқаннар. Ол фламинғазы чӱгӱрӱс- пезин теп, қолтуқ алтынға суғунубыс-келип, арғыжынға- оқ пас-парды; аақма пазоқ эрбектежерге санаптыр.

Ол Чешир Машекке нан-келгени, анда эбире көптер чыылыш-партыр. Палачпа Король анаң Королева сыбырашқанче тартыш-чаттырлар; парчазы өскелерин уқпан, пойу ла айдарға эткен сөзүн қыйғыр-чаттыр-но, өскези шым полуп, уйатқанче азақтын азаққа пазынышчалар.

Алисаны көрб-алып, ұжелизе ылардың талажын көрзин теп, аға чұтұрдилер. Ылар өткүр ұнме пойуңнуң доводтарын айттырлар, парчазы пирге чооқтапчытқаннаң ужун Алиса пир-да небе пилбен-салтыр.

Палач айттыр, паштын паза пир-да небе чоқ полғанда, ол пашты кес-полбассың теп; ол индиг небелер иштебен-тир, иштерге да санабанчаттыр; индиг ишке ол қаар-парған теп-келип, айттыр!

Ээде-пееде чооқтар айтпан, паш полғанда, аны кезе шабарға керек теп, айттыр Король.

Ылар амоқ эрбетежерге тоқтап-келип, ишкеге кирбен салзалар, парчыларының паштарын кезирттирерге айда-рым теп, Королева айттыр! (Аағ сöстерин уғуп по чылыш-қаннардың шырайлары қунаныш-қосқалыш пол-парды.)

Алиса чақша сöс таппан, айдыбысты: «Ол Герцогиняның Машеги—*аағма* чöптешб-аларға керек.»

«Ол тÿрмеде,» тедир Королева анаң палачқа айла-ныбысты. «Пеере аны аккел!» Палач кöзе-қара аағ айтқан сöзÿн иштебизерге чÿтÿрды.

Ол чÿтÿрген ле соонаң, Машектиң пажы кööчен челде қайылып, пажады, қачен палач Герцогиняны аккелген темде, аағ пажы кöрÿнментир-но. Корольба палач ол крокет черинде аара-пеере чÿтÿр-турдылар, аймақчылар тезе ойунға нан-келдилер.

<h1 style="text-align:center">П А Ж А Л Ы Қ I X</h1>

<h1 style="text-align:center">Пызапаш Ташпағаның
Чооғы</h1>

«Ах, эркечегим, сен оңнабас поларзың, қайде мен
сени көрүп, ӱргӱнчам,» эрке сӧспе айдып, Герцогиня Алисаны қолтуқтаң чӧлеп-келип, кедре аппарды.

Герцогиняның индиг чақша көгнӱн көрӱп, ажа, алында
ол перецтең ужун индиг ӧкпелиг полған теп, Алиса
таңзыл-парды.

«Қачен мен Герцогиня пол-парзам,» эрбектенди ол (эзе,
най-да иженмен), «мееӊ чииш пыжырчытқан қатпажымда
ақтап перец чоқ полар. Ӱрге ол да чоқ най тамнығ! Ол
қызыл перецтең ужун, ажа, парчазы қызарғанче тартыш-
чалар...» Наа чозақ ашқам теп, Алиса маттап ӱргӱнӱ-
бӱстир. «Тустаң—тузанчалар,» пӧгӱн-келип, ол айтты,
«аптаң—ажынчалар; сарғайдаң—сарғайланчалар; тертпектең—терттинчалар; ӱргедең—ӱргенчалар. Қайдығ
ачыштығ ол аны пир-да кижи оңнабанчытқанын...
Парчын *теген* полар эди-но. Қачен парчылары ӱрге чиип-
келип—ӱргеннер эдилер!

Алиса ақтап Герцогиняны ундудубыстыр-но, қачен ол ааң қулағынға ноо-ноо айтқанда, шӧчӱбӱсти: «Сен эркечегим, пир сӧс айтпан, нооның ужун пӧгӱнчаң. Мынаң тезе миндиг мораль… Чоқ, ам пажымға небе кирбенча! Ползыда че, соонда да пӧгӱнбалайым…»

«Ажа, минде пир-да мораль чоқ,» тееди Алиса.

«По қайт чоқ!» тоғра айдыбысты Герцогиня. «Парчын небелерде мораль пар, аны табаларға ла керек!» Индиг сӧспе ол Алисаға чапшыныбысты.

Алисаға ол ақтап қынның полбантыр: паштап айтсаң, Герцогиня индиг *чабал шырайлығ*, анаң ааң ээги Алисаның чарнынға тең полтур, пазоқ ол ээги индыг чидиг.

Ааңма қадығ сӧспе чооқтажарға, Алисаның тили айланмантыр, анаң аара қалған кӱжӱчегибе аны шидептир-но!

«Ойун, ажа, ӱргӱнӱжарық парча,» тееди ол, эрбектерин таптап-салбасқа теп.

«Мен ақтап сееңме ынанчам,» тедир Герцогиня. «*Мынаң* мораль миндиг: „Кӧӧлениш, кӧӧлениш, сен чарықты ийдип-аппарчазың...“»

«Мен санағамда, кем-кем айтқан, пашқа кижи керегинге арлашпанда—эңне ӧӧн,» теп, шӧптебисти Алиса.

«Ол парчын пир-но,» Алисаның чарнынға ээгин шашкелип, айтты Герцогиня. «Мынаң мораль миндиг: „Ноо айдарға санапчаң, сағышта тудун, соонда сӧстериң келер“!»

«Қайде ол полғанда ла мораль табарға кӧӧленча!» теп, санады Алиса.

«Сен, эзе, таңзынчан поларзың,» тедир Герцогиня, «қайт мен сени пелиңнең қучақтанманчам. Саға шынап айтсам, мен ақтап сеең фламинғаның чозағынға иженменчам. Че, кӧр-кӧрерзиң, ажа?»

«Ол, ажа, ызырыбызар-но,» Герцогиня аны қучақтанзын теп ақтап санабан, айтты керсе Алиса.

«Ақтап шын,» ынабысты Герцогиня. «Фламинго горчица чилеп, ызырча. Мынаң мораль миндиг: „Ол пир учуғуштың қуштары“!»

«Горчица тезе ақтап қуш эбес-но,» тееди Алиса.

«Сен, қаченда-да ақтап шынзың,» тедир Герцогиня. «Қайдығ сен чарық сағыштығзың!»

«*Ажа*, горчица—минерал полар,» санаң-келип, тееди Алиса.

«Эзе, минерал,» ынабысты Герцогиня. Алиса ноо ла айдыбысса, парчын ааң сӧстеринме ынарға санапчаттыр. «Ол минералдың улуғ талалығ кӱжи. Ааң миналар иштепкелип, анаң қазқан черлерге салчалар... Мынаң мораль миндиг: „Чабал ойунда чақша мина—эңне ӧӧн полар!

«Пӧгӱнӱбистим,» Герцогиняның қалған сӧстерин четтире уқпан, кенетки қысқырыбысты Алиса. «Горчица—креде табағы. Шын айтсаң, креде табағынға ол чӱннӱт эбес—ээде-да полза ол креде табағы!»

«Мен ақтап сееңме ынапчам,» тедир Герцогиня. «Мынаң мораль миндиг: „Қайдығдағы креде табаққа теми келча.“ Сен саназаң, мен саға теген сӧспе айт-перейин: „Сен пашқаның пашқа поларым теп пир-да санаба, пре темде пашқа полуп, қачен пашқа полбасқа чарабас“.»

«Қачен аны пазыбысқан ползам, минең ыртық пилиб-алар эдим. Пееде мен най-да чақша пилбен-қалдым,» чобаш ӱнме айтты Алиса.

«Мен ноо санап-чытқаным айдаар эткенимнең по ақтап чарабас сӧс-но,» ӱргӱнген озуба тееди Герцогиня.

«Чақшылап, слер по сӧстиң узақ чооқ айдып, арыш-танмылар,» тедир Алиса.

«Че, по арыш эбес-но,» тееди Герцогиня. «Мен саға ноо айтқанымны сыйлапчам-но.»

«Ол керек чоқ сый!» иштинде сананды Алиса. «Чақша, тӱген кӱннӱнге индиглерди сыйлабанчалар!» Че, уғулдыра аны айтпан-салды.

«Пазоқ ноо небе санапчазың?» ээгин Алисаның чар-нынға шаш-келип, сурабысты Герцогиня.

«Қайт маға пӧгӱнмеске?» иштинде чақша эбестең ара, қадығ ӱнме тееди Алиса.

«Қайт шошқаға учукпасқа?» тедир Герцогиня. «Мораль тезе…»

Минде по Герцогиня «мораль» теп кӧӧленген сӧзӱнге тоқтап-парып, Алисаны тутқан қолучағы тырлажыбысты. Алиса қарағын ӧре кӧдӱргени, ылардың алында, қолларын тӧшке крестеп-салып, шырайынма қарар-парып, Коро-лева тур-чаттыр.

«Чақша кӱн, Слердин Величествовазы,» мӧгӱс ӱнме шӧптебисти Герцогиня.

«Мен саға чақша сӧспе айтчам,» Королева қыйғырып, азағынма тебисти. «Чоқ пис сееӊ обществаӊ чидирбизерибис, чоқ сен пажыӊ чидирерзиӊ. Амоқ пӧгӱн—чоқ, ийги қаданыӊ кӧзе-қара пӧгӱн!»

Герцогиня пӧгӱнӱп, шағамғоқ қарақтыӊ чит-парды.

«Пистиӊ ойунға нанаӊнар,» тедир Королева Алисаға. Алиса тыӊ қорукқан озуба, пир сӧс айтпан, ааӊ сооба ол площадкаға парды.

Аймақчылар тезе Королева чоқ полғанында, кӧлек черге одуруп, тынантырлар; анаӊ Королева нан-келчытқанын кӧрб-алып, ылар черлеринге маӊзрабыстылар. Королева келип, кем минутқа тӧӧнче майланыбысса ла, чарықтыӊ чазар теп, теген тилбе айдыбысты.

Ойун парчытқанда, Королева тем-тем пажында ойнап-чытқан кижилербе тартыш-келип, қыйғыртыр: «Аға пажын кезе шабызаар! Ааӊ пажын чарнынаӊ!» Шериглер чердин туруп ла, ол ырыс чоқтарды қадачы пол-келип, ал-чаттырлар. Анаӊ аара паратачақтары ас қалчаттыр-но. Одус ла минут ӧрткенде, ойунчылар қалбады, парчын ойунчылар тырлашқанче, ылардыӊ арығ тыннарын шық-дырчын темнерин қадарчаттырлар. Корольбе Королевананы анаӊ Алисаны ла тегбентирлер, ылар кедре чат-қалдыдар.

Қалғанында, Королева ойнан ойнун таштабыс-келип, тынғыжын алынып, Алисаныӊ сурады: «Сен Пызапаш Ташпағаны кӧрдиӊ ма?»

«Чоқ,» тедир Алиса. «Мен ол кем поларын оӊнабанчам да.»

«Қайт ээде,» тедир Королева. «Ол *пызапаш ташпағаныӊ* ӱрге иштепчытқан небе-но.»

«Пир-да кӧрбедим, пир-да уқпадым,» тедир Алиса.

«Ээде полза, параӊ,» тедир Королева. «Ол парчын пойу саға чооқтап-перер.»

Анаң ылар пардылар. Парарда, Алисаға уғулқалды, қайде Король аймақчыларға көөчен айдыбысты: «Пис слерди парчыларың чалабанчабыс.» «Че, чақша!» ӱргӱнӱбисти Алиса. (Ол өлерге одурчытқаннарыңнаң ужун санап, ыларды маттап ачынтыр.)

Чӱтче полғанда, ылар изиг кӱн алтында мағат пек усчытқан Грифолды көрб-алдылар. (Слер ол Грифонның шырайын оңнабанчытқан ползаар, қасқан небелерде көрб-аллар.) «Тур, арғас,» тедир Королева, «по абаққай қысчақты Пызапаш Ташпағаға аппарыбыс. Ол пойуңнуң чооғажын айт-перзиң. Маға нанарға керек: мен анда қайпрезин өдӱртирерге айтқам, анда парчын чақша ползын теп, пар көрерге керек.» Анаң ол Алисаба Грифоны артыссалып, парыбысты. Алисаға ол пӱдӱшке кирбен да ползa, Королеваба полғанче, поңма абыр полар теп қалды.

Грифон одуруп, қарақтарын чозубусты. Анаң көстеринме Королеваны узат-келип, оң эксиинме ызайынымысты. «Қатқырыш ла—паза пир-да небе чоқ!» та пойунға ба, та Алисаға көрӱп, ол эрбектенибисти.

«*Қатқырыш па?*» пазоқ сурады актек Алиса.

«Әзе,» тедир Грифон. «Ноо-ноо санабысча-но! Өдүрт-тирерге! Ылардың пир-да индиг чозақ полбады. Параң!»

«Минде парчылары пир ле сөс айтчалар „параң“! тоғра парбан, аан сооба маңзрыбан пағлал-парып, санады Алиса. «Ада чажынға мееңме ээде-пееде этпеннер-но!»

Көп чоқ парып, ылар ырақта Пызапаш Ташпағаны көрб-алдылар; ол қайачақ қырында чат-келип, анаң ақтап аан чүреги адылчытқан чилеп, ээде қунан-келип, үшкүрб-одуртыр. Алиса аны тың ачыныбысты. «Чөөк ол қунанча?» теп, сурады ол Грифонның. Анаң ол олоқ сөстерибе айдыбысты: «Ол сағыштары парчын шын әбестер. Қомнанча! Ноо-ноо санабысча-но! Ноодаң аара аға қунанарға. Параң!»

Анаң ылар Пызапаш Ташпағаға келгеннерде, ол ыларға поғда, қарақ чажынма тол-парған қарақтарынма көр-келип, пир-да небе айтпады.

«По абаққай қысчақ,» теп, пажады Грифон, «сеең чоогын уғарға санапча. Аға ол чооқты шығарып, сал-сал! Мине индиг-но!»

«Ноо мен чооқтап-перерим-но,» қарықтығ үнме айдыбысты Пызапаш Ташпаға. «Мен чооғум тоосқамче, одур-келип, ақсыларың ашпалар.»

Грифонма Алиса одур-салдылар. Шым пол-парды. «Пилбенчам, қайде ол тоозубызарға этча, қачен пажап та полбанча,» теп, сананды Алиса. Небе иштечең чоқтын аара, ол шыдырым қадар-турды.

«Пир қатнап,» қалғанында Пызапаш Ташпаға маттап үшкүр-келип, айтты,—мен шын Ташпаға полғам.»

Пазоқ шым-шырық пол-парды. Ол-ла Грифон қай-преде чедирб-одурчын, анаң тоқтабан Пызапаш Ташпаға үшкүб-одурчаттыр. Амны Алиса туруп, айдарға эткенин: «Сәр, мағат чақша чооғаштын ужун, алғыш ползун теп,» че, арий паза қадарб-аларға санабысты: ажа, ол пре небе айдаар-но.

Қалғанында, Пызапаш Ташпаға арий чобажыт-парып, сорсуп-келип, айтты. «Қачен пис кичиг полғаныбысты, пис талай школға чöргебис. Пистиң ÿргедикчибис Талай Ташпаға полған. Пис аны Тарбай Тағпаш теп адабыс.»

«Қачен ол Ташпаға полғанда, нööрÿк слер аны Тарбай Тағпаш теп ададар?» теп, сурабысты Алиса.

«Қачанда полза, ааң пажы *тарбай* паза *погда* полғанның аара, пис аны Тарбай Тағпаш теп ададыбыс,» тарынып, айтты Пызапаш Ташпаға. «Сен най-да пилбенчик эбес полтурзың!»

«Индиг теген небелердең ужун уйат сурарға,» теп, айтты Грифон. Ийгилери тоқтап-келип, қайран Алисаға көре, кет-пардылар. Ол қысчақ ақтап чер алтынға кир-парарға эттир. Қалғанында, Грифон Пызапаш Ташпаға айланып, айтты: «Че, улуғ апшый, маңзыран! Күн тооза одурарға чарабас-но...»

Анаң Пызапаш Ташпаға чооғун пажабоқ турды. «Эзе, пис школға чөргебис, ол школ тезе сен пүтпен да ползаң, талай түбүнде полған...»

«Чөөк-но?» тееди Алиса. «Мен пир сөс айтпадым.»

«Чоқ, айтқанзың,» теп, күштетти Пызапаш Ташпаға.

«Талашпа!» қыйғырыбысты Грифон. Алиса талажарға да санабантыр.

«Пис әңне чақша образование алдыбыс,» тееди Пызапаш Ташпаға. «Ол қайғаллығ эбес-но—пис күн-сайа школға чөргебис...»

«Мен ээдоқ күн-сайа школға чөргем,» тедир Алиса. «Минде қайғаллығ небе чоқ.»

«Аға пирге сени пре-небеге үргеткеннер ба?» арыштанып, сурады Пызапаш Ташпаға.

«Эзе,» тееди Алиса. «Көгбебе қазақ тилинге.»

«Чүннерге че?» қапчы айдыбысты Пызапаш Ташпаға.

«Чоқ, эзе!» өкпелен, айтты Алиса.

«Че, эткенде сеең школың найда чақша полбантыр,» үргүнүп, айтты Пызапаш Ташпаға. «Пистиң школда қаченда-да санға пееде пасқаннар: «Қазақ тилбе көг анаң аға қожа *кеп чүнүштин* төлегизи керек.»

«Слерге нөөрүк кеп чүнүжи керек полған?» теп, сурады Алиса. «Слер талай түбүнде чатқазаар-но.»

«Парчын пир мен ол чүнүшпе иштен чөрбедим-но,» үшүкүрүбисти Пызапаш Ташпаға. «Мага ол чүнүшке ақча четпен. Мен керек ле предметтарға үргенгем.»

«Қайы предметтарға ӱргенгензиң?» теп, сурабысты Алиса.

«Паштап ла пис қырлағабыс анаң пағлағабыс,» тееди Пызапаш Ташпаға. «Анаң Пöгин пичиктиң тöрт действиязын иштен-чöргебис: Қыжылыш, Сығыдыш, Қарғыш анаң Полуш.»

«Мен ол *Сығыттың* ужун уқпадым,» теп, кöрди Алиса.

«Пир-дағы *сығыттың* ужун уқпадың ма!» тамаштарын ööре тегризаара кöдӱрӱп, қыйғырыбысты Грифон. «Иженчам, ноо ол „қыырарға“ теп оңнапчаң?»

«Эзе,» қадығ да эбес ӱнме тееди Алиса, кöрерге ноо ноомда пазылғанын анаң… *сығырарға*.»

«Эзе-но,» айтты Грифон, «ээде да полғанда, качен *сығыдарга* ол ноо небе оңнабас ползаң, сен ақтап алығзың.»

Алисаның öске предметтарын оңнанбаларға теп, кöгне чоқ пол-парғанда, ол Пызапаш Ташпағаға айлан-келип, сурады: «Анаң паза нооға слер ӱргенгензаар?»

«Пистиң паза Пурунғу Грецияба Пурунғу Римдең Рифтери полған, Талайграфия. Анаң пашка ӱргеништер полған; пистиң қаары угорь полған, ол пир ле қада недледи келб-одурған. Пис ааңма сарғабыс, мӱӱрӱшкебис, қайлабыс…»

«Қайларға ӱргендаар ба?» пазоқ сурабысты Алиса.

«Ам мен саға қайлап-полбассым,» теп, айтты Пызапаш Ташпаға. «Аға мен қаарызым. Грифон тезе ааңма тудушпантыр.»

«Меең тем чоқ полған,» ынабысты Грифон. «Антебе мен классиктығ ӱргедик алдым.»

«Ол қайде ээде?» теп, сурады Алиса.

«Ол пееде,» айтты Грифон. «Пис меең ӱргедикчимме, краб-апшый, ташынға шығып, кӱн тооза *классиқаны ойнадыбыс. Қайдығ ӱргедикчи* полған!»

«Шын классик полған!» ӱшкӱр-келип, айтты Пызапаш Ташпаға. «Мен тезе аға кирбен қалдым—Драматикеге пазоқ Қажаң пилинге ӱргеткен теп, айтчыңнар...»

«Ол шын-но,» теп, ынадыбысты Грифон. Анаң ийгелери паштарын ас-келип, ӱшкӱрӱбистилер.

«Слердиң занятийлериң қанче час полған?» маңзырап, по чооқты пашқа чолба аппарыбызарға санап, сурабысты Алиса.

«Паштапқы кӱнде—он час, пазазы кӱнде —тоғус, анаң аара пеедоқ.» айтты Пызапаш Ташпаға.

«Қайдығ пашқачыл расписаниязы!» теп, таңзылыбысты Алиса.

«Қайт ол Занятийлер теп адалча?» айтты Грифон. «Пис ол *занятийлерди* пистиң ӱргедикчидең сағыжын *ӧдӱшке алчабыс*... Қачен аға сағыш артыспан, парчазы ӧдӱшке алғаныбысты, миндоқ тоозыбысчабыс. Ээде полғанда, айтчалар: „Аға сағышты *ӧдӱшке пербессиң*“... Пилдиң ма?»

Ол Алисаға ақтап парчын наа уғулуп, ол сағышка кирибисти.

«Ол ӱргедикчилербе че, ноо пол-парча?» чӱтче сананб-алып, Алиса сурады.

«Ажа, чедер ол уроқтардың ужун чооқтажарға,» теп, арлажыбысты айдас Грифон. «Сен аға пистиң ойуннарын айт-перзең...»

ПАЖАЛЫҚ X

Талайдың Кадрилязы

Пызапаш Ташпаға терең ӱшкӱрӱп, қарағын чозубусты. Ол Алисаға кӧрӱп, ноо-ноо айдарға эткен Пызапаш Ташпаға, сығыдынға пастырып, пир сӧс айт-полбады. «Че, ақтап ааң тынында сӧӧк турчытқан ошқаш,» арий қадарб-алып, тееди Грифон. Анаң ол Пызапаш Ташпағаны силгип-келип, кӧксӱн шапты. Қалғанында, Пызапаш Ташпағаның ӱнӱ шығып, қарақ чажын тӧк-келип, айтты:—

«Сен, ажа, ӱӱр талай тӱбӱнде чатпан поларзың...» («Чатпадым,» тедир Алиса.) «Ээде полғанда, сен тириг омарды пир-да кӧрбен поларзың...» («Антебе мен аны чиип...» Алиса пажапчат, тоқтабысты, анаң пажынма чайқаныбысты. «Чоқ, кӧрбедим.») «...Ээде полғанда, сен ақтап пилбенчаттырзың, қайде чақша ол омарларба талай қадрилязын серкелерге.»

«Чоқ, пилбенчам,» теп, ӱщӱкӱрӱбӱсти Алиса. «Ол ноо чозақтығ серкиш?»

«Эңне паштап,» теп, пажады Грифон, «парчылары талай қажында пир шийгинге тур-салчалар...»

«Ийги шийгинге!» қыйғырыбысты Пызапаш Ташпаға. «Талай тюленнербе лосостер; Ташпағаларба анаң өскелери парчазы турчалар. Анаң қачен суғ қажын медузылардың арығлабыссаң…»

«*Ол* най-да теген эбес,» айтты Грифон.

«…паштап ийги алтам чолычақ алына иштебисчаң…» айтты Пызапаш Ташпаға.

«Омарды қолунаң алб-алып!» қысқырыбысты Грифон.

«Эзе,» ынабысты Пызапаш Ташпаға. «Ийги чол алына иштебис-келип, анаң партнерлерге чӱзӱнме айлан-келип…»

«…омарларды орнабысчаң—анаң қарча олоқ чозақпа нанчазың,» теп, тоозубусты Грифон.

«Аағ сооңда,» айтты Пызапаш Ташпаға, «шелчазың…»

«Омарларды!» ööре ыстыр-келип, қыйғырыбысты Грифон.

«…талайзара ырағарық…»

«Анаң ылар соонаң чӱсчазың!» теп, ӱргӱнди Грифон.

«Пир қатнап талайда шöгӱбис-келип!» оқтабысты Пызапаш Ташпаға анаң тегелекче по қумақпа парыбысчаң.

«Пазоқ омарларды орнашчаң!» полған ӱнӱнме шақтабысты Грифон.

«Анаң суғ қажыңға нанчазың! Не, ол парчын паштапқы фигура,» кенетки түшкен ӱнӱнме айдыбысты Пызапаш Ташпаға. Анаң амны сағыштары шыққан чилеп, тобрақ ӱстӱнде ыстыр чöрген ийги арғыш, миндоқ қунанып, одурубыстылар анаң Алисаға сағынғанче көрӱбӱстилер.

«Ол маттап қос серкиш полар-но,» чӱрексине айтты Алиса.

«Аны көрерге санапчазың ма?» теп, сурады Пызапаш Ташпаға.

«Маттап,» тедир Алиса.

«Тур,» күштетти Грифонға Ташпаға. «Аға паштапқы фигуразын көргүс-перең. Омарлар минде чоқ та ползa че… Пис ылар да чоқ серкилерибис. Кем сарнар?»

«*Сен* сарна,» тееди Грифон. «Мен сөстерин ундут-салғам.»

Анаң ылар улуғлап Алисаны айландырып, аға чағын келгенде, маңзай азағажынға пазыбыс-келип, аара-пеере тамаштарынма шыбыныжып, Пызапаш Ташпаға қунан сарын сарнап пажады.

«Треска улитқаға айтча: „Қапчыйарақ, арғыжағым,
    пар!
Дельфин қузрағымга пазарға санап, соонаң шӧйӱлча.
Кӧрчаң ма, крабтарба ташпағалар эртип, талайга
    чӱгӱрча.
Пуӱл талай ӱстӱнде бал, пистиңме серкишке кирерзиң
    ма?
    Саназаң, серкелерзиң-серкелерзиң, сен серкелерге
        санапчаң ма?
    Саназаң, серкелерзиң-серкелерзиң, серкелерге
        санапчазың ма?

Сен оңнабанчаң, қайде чақша, қайде қынныг треска
    поларга.
Қачен писти талайга шелгенде, талай толгужы
    аппарбысча!“
„Ох!“ теп, улитқа шийиктабысты. „Писти ырақ
    шелчалар!
Уж, чақшылап, слер чалабалар, слербе серкишке
    парбассым!
    Санабанчам, серкип-полбанчам, серкелерге
        санабанчам.
    Серкип-полбанчам, санабанчам, серкишке кир-
        полбанчам.“

„Ах, ол ноо сӧс ырақ полар?“ тееди треска.
„Қачен Английдең ырақ полганда, Францияга чағын.
Суг қажыңнаң кӧп милдең пазоқ қаштар пар.
Меең улиткам, қорукпа, мееңме серкелерге пар.
    Санапчаң, серкепчаң, серкепчаң, серкелерге санапчаң?
    Серкепчаң, санапчаң-санапчаң, серкелерге парарзың?“»

«Улуғ алғыш,» қачен қалғанында ол серкиш тоозубысқанда, ӱргӱнӱбисты Алиса. «Маттап қынныг полган

көрерге. Ол тресқаның ужун сарнаған сарын маға тың қынның! Индиг үргүнүштиг…»

«Ол тресканың келиштире айтсаң,» Пызапаш Ташпаға пажыды. «Сен, эзе, аны көрбедиң ма?»

«Эзе,» тедир Алиса. «Ол пирееде пистиң түшкү чии…» Минде қоруғуп, ол шым полыбысты.

«Оңнабанчам, қайде ол Чии,» айтты Пызапаш Ташпаға, «че, слер маң-сайа тоғышқан ползаар, ол қайдығ шырайлығ оңнапчытқан поларзың…»

«Эзе, оңнапчам-но,» тедир Алиса. «Парчын суғарлығ анаң ақсында қузурағы полча.»

«Ол суғарлардың ужун сен наалышчаң,» теп, ынабады Пызапаш Ташпаға, «парчын пир суғарлар талайда чүнүлпарар эдилер… Ааң кузурағы тезаң, шынап ақсында. По керек миндиг-но…» Минде Пызапаш Ташпаға ақсын адынып, эзибис-келип, қарақтарын чабысты. «Ол қузуруқтаң айт-пер» теп, ол Грифонға айтты.

«По керек миндиг-но,» айтты Грифон, «ол *маттап* көөленча омарларба серкилерге. Оно анаң аара ылар аны талайға шелчалар. Оно ол ырақ-ырақ учуқ-парча. Оно ааң қузурағы ақсында қалча «Анда ол мағат пек тудулча, шығыр полбассың. По парчын.»

«Алғыш ползун,» тедир Алиса. «По маттап қынның чооқ. Мен ол треска палықтарба индиг небелер полчытқанын пир-да пилбедим.»

«Уғарға саназаң,» айтты Грифон, «мен саға пазоқ пақтымаш-палықтың ужун айт-перейин! Оңнапчаң ма, қайт аны *пақтымаш* теп адапчалар?»

«Мен ааң ужун қачан-да санабадым,» айтты Алиса. «Қайт?»

«Ол тың көп *пақтан-чöрча*,» улуғлап, тееди Грифон.

Алиса ақтек пол-парды. «Көп *пақтан-чöрча?*» четтире пилинмен, пазоқ сурабысты.

«Эзе,» ынабысты Грифон. «Пойу палыҡҡаға да чарабанча, ээде-пееде көп *паҡтан-чӧрча.*»

Алиса шым полуп, ол ла Грифон энниг қарақтарынма көртир.

«Маттап паҡтанарға көӧленча,» теп, айтты Грифон. «Қачен *паҡтан турғанда,* ааҥ чүгүрерге ле керек. Анаҥ андығоҡ арғыштарын чыыб-алды. Аға пир апшыйақ *ала-пугачаҡ* чӧрча. Эртенеҥ ала қарааға тӧӧнче палыҡтарды *алаҡтырып, чӧрчалар!* Пазоҡ *Шортан палық* кирча—ол парчыларын шортанапча. Анаҥ *қоора* полча—ол парчазын *қоруҡб-одурча...* Қачен парчазы қоже чыылышқаннарда, индиг назыр-нызыр турча, ылардыҥ пажыбыс айланышча... Қамнықты оҥнапчаҥ ма?»

Алиса пажынма чайқабысты. «Ылар аны арыштап-келип, амда ол палық пойунға кир полбанча. Ӧтре қамнанб-одурча...»

«Анаҥ-аара айтчалар: „Қамнық *қамнанча* теп?"» көӧчен сурады Алиса.

«Эзе,» тееди Грифон. «Анаҥ-аара.»

Минде Пызапаш Ташпаға қарақтарын ажыбысты.

«Че, чедер ааҥ ужун чооҡтажарға,» теп, эрбектенибисти ол. «Полған қайғаллығ чоруғун чооҡтап пер.»

«Мен парчын үргүнүп, слерге чооҡтап-перем, ноо мееҥме пүүн эртен полғанын,» тееди иженмен Алиса. «Кечендазын мен слерге айтпассым, ол темде мен ақтап пашқа полғам.»

«Чооҡтап пер, ноо айдарға этчаҥ» теп, сурады Пызапаш Ташпаға.

«Чоҡ, паштап қайғаллығ чоруғын айт,» теп, Грифон қапчы ааҥ эрбегин үзүбүсти. «Мағат үүр айдарға.»

Анаҥ Алиса аҥма ол Ақ Кроликти көргенеҥ ала ноо полғанын, чооҡтап пажады. Аға паштап чақша эбес полтур: Грифонма Пызапаш Ташпаға Алисаға най чағын одур-салып, маттап қарақтарынма ақсыларын энниг ажыбыстылар; че анаҥ ол қоруҡпан-салды. Грифонма

Пызапаш Ташпаға шым одуртырлар. Қачен ол Кӧк Қарыштақпа тоғышқан черинге чедип, „*Аба Вильям*" кер сӧсти қырарға эткенди, минде Пызапаш Ташпаға терең ӱшкӱрӱбус-келип, айтты: «Маттап пашқачыл!»

«Пашқачылдаң чер чоқ!» тееди Грифон.

«Парчын сӧстери ол эбес,» пӧгӱнгенче тееди Пызапаш Ташпаға. «Чақша полар эди ол писке пре-небе қырған полза. Айт аға пажазын теп.» Анаң ақтап Алисаны қолунда тутқан чилеп, ол Грифол кӧрӱп.

«Тур-келип, қыыр „*По арғастың ӱнӱ*",» тееди Алисаға Грифон.

«Қайде минде парчылары уштап пажарға кӧӧленчалар,» иштинде сананды Алиса. «Ол ла мени қырарға иштеттирчаар. Санағанда, ақтап мен школда ошқаш.» Ээде-да полза, ол туруп, қырып пажады. Ааң сағажыңнаң ол омарларба анаң талай қадрилязы шықпан-чадып, ол пойу да пилбентир-но, қачен индиг пашқачыл сӧстер айтқанын. Сӧстер тезе шынап мағат пашқачылар полтур.

«Қартыға қуштуң ноозы артықтың артық?
Ийги шабынчын қанаттары артық та полза,
Кӧк тергидең ӧлӱг палық қабарға кӧӧленип,
Анаң себис паганы сӱргенде, маттап ӱргӱнча.

Қачен Прас палық таш алтынға кир-парча,
Қартыға қуш қайа уйазында чат-кӧрча.
Қачен ырақтаң аңчы-кижини кӧргенинде,
Ол уйазынга кирип, полужар теп, қыйғырча!»

«Мен кичиг полғамда, аны школда қырғаным пилбенчам,» айтты Грифон.

«Мен пир-да ол кер сӧстерди уқпадым,» айтты Пызапаш Ташпаға. «Шынап айтсаң, ол адаңмада чабал чӧйлеш!»

Алиса пир-да небе айтпады; ол қумаққа одур-салып, чузун қолунма чап-салды; қайде алында полған чадығы пазоқ пол-парар теп, паза пÿтпенчаттыр.

«Сен по кер сöстÿ писке айт-пер теп, санапчам,» тееди Пызапаш Ташпаға.

«Ол пир-да небе айт-полбанча,» қапчы айдыбысты Грифон. Анаң Алисаға айлан-келип, айтты: «Қыыр ааңаң аара.»

«Нöорÿк ол азақ пажынға пас-парча?» теп, кичендирди Пызапаш Ташпаға. «Аны маға айт-перзаң.»

«Индиг позиция сергишти пар,» тееди Алиса. Ол пойу да пир-да небе пилбентир; паза ааң ужун чооқтажарға санабантыр.

«Қыырзаң анаң аара,» теп, аны Грифон маңзратты. *„Пир қатнап мен садта парып...“»*

Алиса по қыырыштың чақша небе шықпас теп оңнаған да полза, че, қарышпан-салып, тырлашчытқан ӱнӱнме пазоқ қыырып шықты:—

«Пир қатнап ақ чышпа парып, кенетки кӧргеним,
Тасқачақпа Пӧрӱ пир тертпегешпе пӧлӱштилер.
Ол тертпегешти Пӧрӱ туйугуба ажырбысты,
Тасқачаққа тезе ободоқтыг ла айгаш четти.

Анаң ага ол айтты: „Пӧлӱшти тоозубызаң—
Сен қажықты алзаң, мен—пилкебе пычақты.“
Анаң ол Пӧрӱ тос-парып, ӧлеңге чат-салды,
Паштап тезе ол десертқа ажырбысты...»

«Қачен сен пир-да небени чооқтап-полбанчаң, нӧорӱк миндиг чабалларды қыырарға?» тоқтадыбысты аны Пызапаш Ташпаға. «Миндиг тарабарщинаны мен по чажынға уқпадым!»

«Че, ажа, чедер,» ол Алисаны мағат ӱргӱнӱштырғанче, айтты Грифон.

«Керек полза, пис пазоқ Талай Кадрилязын сергип-перерибис?» теп, ынабысты Грифон. «Чоқ Пызапаш Ташпаға саға сарын сарнап перзин-но?»

«Ах, сарнар полза, чақшылап, сарын сарнап-перзин,» Алиса индиг изиг киченижинме айдыбысқанда, Грифон чарныларынмы ла қыйратты. «Чииш тамынаң ужун талашпанчалар,» тарынып, айтты. «Апшый, аға сарнап-перзаң *„Талған чижин“.»*

Пызапаш Ташпаға терең ӱшӱкӱрӱбисти анаң, сорсуп-келип, сарнап-шықты:—

«Талган чииш, қайран тамныг табақ!
Қарған аштың тербенге тартылчаң,
Керек сугбе, керек сӱтпе сени ишчаң,
Талган чиижи, аданмада артық Чииш!
Талгэн чиижи, аданмада артық Чииш!
  Адаң-ма-да артық Чи—иш!
  Адаң-ма-да артық Чи—иш!
Талга—ан чи—и—иш,
  Аданмада артық, аданмада Чииш!

Талган чиижи! Эмниг ашты ишсең,
Ада-иче черин кайде-да ундутпан
Ада-чашка чӱрегинде чат-қалар, че!
Эңне тамныг адаңмада артық Чииш!
Теген перген артық Чииш!
  Адаң-ма-да артық Чи—иш!
  Адаң-ма-да артық Чи—иш!
Талга—ан чи—и—иш,
  Адаңмада артық, адаңмада ЧИИШ!»

«Припевти қада сарнабыс!» тееди Грифон. Пызапаш Ташпаға ақсын ажар ла эткени, ол темде ырақта уғул-парды: «Чарғы полча!»

«Параң!» теп, Грифон қыйғыр-келип, Алисаны қолдаң қаб-алып, ол сарынны четтире да уқпан-қалып, поуйнуң сооба сӧртеди.

«Кемни чарғылапчалар?» теп, пурлуқчат, сурады Алиса. Ол Грифон пазоқ айтты: «Параң, параң!» Анаң алтамын қожулуп, парды. Талайдың тезе салғынақ мӧгӱс-мӧгӱс, қунан сарын аккелип, ол чуққа-чуққа уғулуп, қалғанында ақтап тоқтап-парды.

Талга—ан чи—и—иш,
  Аданмада артық, аданмада Чииш!

Қатамаларды Кем Орлабысқан?

Қызыл Корольба Королева тронда одуртырлар, қайландыра öске қартыларба анаң кöбÿзи қуш-тарба аңначақтар ийдиш-келип, туртырлар; трон алында ийги шериг аразында илчирбе ораттырған Валет туртур. Король қыйрында Ақ Кролик чÿтÿр-чöртир—пир қолунда ол турбэ туттыр, пашқа қолунда—узун перғаментаң иштеген пичиқ. Ортазында терги туртур, терги ÿстÿнде поғда айақта артық тамның қатамалар чатчанын кöрÿп, Алисаның ақсынаң тÿккÿрÿк ақ-тÿштир. «Қапчыйарық чарғыларға тоозубысқан ползылар,» теп, санады ол, анаң ашпа-табақ аккелер эдилер.» Алиса чииш чиирге най-да иженменип, қапчыарық тем эрттирерге санап, аара-пеере кöрÿнди.

Алында Алиса ноомнарды қыырған да полза, чарғы черлерде полбантыр; аға минде парчын таныштығ ужун мағат эштиг. «Нööл чарғылаачы,» теп, эрбектенди. «Париктиг ле полғанда, чарғылаачы кижи.»

Чарғылаачы тезе Король пойу полған, коронаны париқ-ке кескенин ужун (қайде аны иштебискенин оннарға саназан, фронтисписке көрб-одур), ол най-да пойун күштиг сеспентир-но. Аға қожа ол най-да қос эбес полтур.

«По присяжныйлардың черлери,» теп, санады Алиса. «По он ийги тириг небелер (анда аңначақтарба қуштар полғаның аара, Алиса по сöстÿ айдыбыстыр-но), ажа, анда присяжныйлер полғанoқ. Қалғанчы сöзÿн ол ийги қада ба чоқ ÿш қада пойунға эрбектенибисти—ол индиг шедик сöсти оңнапчытқан ужун, маттап пақтантыр; ааңма пир чаштығ қысчақтар көп та табылбас теп, санады Алиса (ол минде тезе шын полтур), ол ноо полчытқаңын, пилерин. Пыларды пееде «присяжныйлербе заседателлери» теп, адарға ээдoқ шын-но.

Присяжныйлер ол темде ноо-ноо қапчы грифельныҕ чардычақтарға пас-чаттырлар. «Ноо ылар пасчалар?» сыбырыштап, Алиса Грифондың сурады. «Ол чарғы тезе пажалбанча-но...»

«Ылар пойуңнун аттарын пасчалар,» сыбырыштап, айтты Грифон. «Чарғы тоозылғанче, ундубузарға қоруқ-чарлар-но.»

«Мине алығлар!» қаныққан озуба öткÿр ÿнме айдыбысты, анаң олoқ темде шым полубысқанда, Ақ Кролик қыйғы-рыбысты: «Чарғы қатпажында сыбырышпылар!» Король очкелерин кес-келип, қоруғарық қатпашсара көрÿбÿсти: ол, ажа, кем сыбырышчатқанын оңнаб-аларға санаң ошқаш. Алиса шым полубысты.

Турған черинең ол индиг чақшы көрген полтур—ақтап ылардың чардыларынаң кексинде турчытқан ошқаш—ол присяжныйлер миндoқ пас пажадылар: «Оно алығлар!» Ол көрб-алтыр, ылардың кем-кем «алығлар» теп сöс қайде пазылғанын оңнабанчытқанаң аара қошта одурчытқан-ның сураш-чаттырлар. «Чарғы тозулғанче, ноо ла ылар анда пассалар-но!» теп, санады Алиса.

Пир присяжныйдың грифель қачан-да қығжыраптыр. Аны, эзе, Алиса шидеп-полбан-салды: аға парып, ааң кексинде тур-салды; чақшы тем келгенинде, айдас қыс ааң грифелин қаб-алды. Аны ол парчын қапчы иштебистир, қайран присяжный (ол кичиг Билль полтур) ноо полғанын пилбен-қалтыр; грифель тилеп таппан, ол падырбажынма пазарға санабыстыр; падырбажы грифельдиң чартычақта чол артыспаннаң аара ааң толказы ас полтур-но.

«Глашатай, қыырыбыс обвинениең!» тееди Король.

Ақ Кролик ӱш қада турбаға ӱбӱрӱбисти, анаң пергаменттың пичигин аш-келип, қыырыбысты:—

«Чайғы айас кӱнӱчек темнеринде
   Қызыл Абаққай қатамалар пыжыр-салтыр.
Қызыл Валет парчазыңнаң керсе полуп,
   Четти пыжырған қатама орлаб-ыстыр.»

«Пойларыңның чӧптериң шығарарда, пӧгӱнмалар!» присяжныйлерге айтты Король.

«Чоқ, чоқ,» қапчы аны тоқтадыбысты Кролик. «Ам ылтам эрте. Ол парчын чозақтарба керек-но.»

«Паштапқы кӧреечизын қыырар,» теп, қынатты Король. Ақ Кролик ӱш қада турбазынға ӱбӱр-келип, қыйғырыбысты: «Паштапқы кӧреечи!»

Паштапқы кӧреечизы Шляпник полтур. Ол тронға келип, пир қолунда айақта шай, пашқа қолунда қалешпе қайақ тудунтыр. «Тарынмылар, Слердиң Величествовазы,» теп, ол пажады, «Мен минара айақпа келгенин ужун. Қачен ылар меең соонаң келгеннеринде, мен шай ишкем-но. Тооза ишпен қалдым…»

«Ижибизерге керек полған,» айтты Король. «Сен қачен ижерге пажадың?»

Шляпник Кӧрӱкай Қозанға кӧрӱбисти, ол ааң соонаң қолба Соняба тудуш-келип, партырлар. «Ажа, кӧрӱк айының он тӧртинче кӱнинде.»

«Он пежинчизинде,» таштабысты Кӧрӱкай Қозан.

«Он алты кӱнде,» эрбеқтенибисти Соня.

«Пазаар,» тееди Король присяжныйлерге анаң ылар қапчы ол грифельдиң иштеген чартычақтарға ӱш датыларды пазыбыстылар, анаң орта сал-келип, шиллингилербе пенсыларға иштеп-салдылар.

«Пӧрӱтин шуртубыс,» Шляпникеге Король айтты.

«Ол меең эбес,» тееди Шляпник.

«Орлаған!» теп, қыйғырбысты Король присяжныйлерге айланып, қыйғырыбысты, ылар миндоқ по фақты сағышқа тударға теп, пазыбыстылар.

«Мен аны садарға тутчам,» теп, айтты Шляпник. «Мен Пӧрӱктер Керегинең Усчызы да ползам, меең пӧрӱктер чоқ-но.»

Минде Королева қарақтарынға очкезеин кес-келип, анаң тузе Шляпникеге көрӱбисти—ол қубар-парып, азақтың азаққа пазын-турды.

«Поқазанийлериң пер,» тееди Король, «анаң өкпеленме, эткенде мен сени амоқ по турчытқан черинде тының шығарарға айттырарым.»

Ааң сөстери най-да ӱргендирбедилер Шляпникти: ол пир черге тепсеп-келип, қоруққан озуба Королеваға көрбодурып, анаң актекпе қалешпе қайақ орнунға айқтың пир кезегеш ызырыбысты.

По темде Алиса пойун пашқачылға көрӱнӱбисти. Ол пирде пилбен-чаттыр, ноо аңма полчытқанын, қалғанында ла, пилин-қалды: ол пазоқ өсчаттыр! Паштап туруп, чарғы қатпаштың шығыбызарға эттир, анаң чақша сананмалып, чер четкен теминче минде қаларға санабысты.

«Сен мени най пееде ийдерге тоқтабассың ма?» теп, сурабысты ааңма қоштаа одурчытқан Соня. «Мен шала-шула ла тынчам.»

«Пир-да небе иштеп полбанчам,» найнаттырған Алиса тееди. «Мен өсчам-но.»

«Сееӊ *минде* өзерге теп чозағың чоқ,» тееди Соня.

«Эккей,» айдазарақ ӱнме ӱңдӱжибисти Алиса. «Слер ээдоқ өсчытқаннарын чақша оңнапчызаар.»

«Эзе, мен най-да пееде қапчы өспенчам,» өштешти Соня, «қайлары чилеп, эбес... Ээде өзерге че, қатқылығ ла!» Тарынған Соня черинең туруп, пашқа қатпаштың чанынға парыбысты.

Королева тезе ол темде Шляпникке көр-чаттыр, анаң Соня одурғанче, Королева тарынып, казыр айтты: «Кем қалғанче концертта сарынғаннардың списқаларын пеере перибизеер!» Минде қайран Шляпник маттап тырлашты, ааң ийги азағыннаң машмақтары шуртул-пардылар.

«Поуйуңнуң поқазанияларың пер,» пазоқ қанығып, айтты Король, «Этпези мен сени өдӱрттирерге айдарым.

Маға парчын пир, сен өкпеленчаң ма чоқ өкпеленменчаң ма!»

«Мен мөкүс кижичек,» тырлашчытқан ӱнӱнме айтты Шляпник, «мен шайым ишпен қалдым—пир недле эртибисти, ижерге паштағанын ала… қалешпе қайақ мееӊ қалбаноқча… мен ӱгӱ қуштыӊ ужун санап-келип, ол тегри ӱстӱнде тегри қур…».

«Ол *ноонаӊ ужун?*» сурабысты Король.

«*Тегри қур—тегри ӱстӱнде…*»

«Әзе, эккей,» қазыр ӱнме айтты Король, «*тере қур*—ол пир, *тегри ӱстӱнде*—ақтап пашқа! Сен мени алығзым теп санапчазыӊ ма? Айт!»

«Мен мөкүс кижичек,» пазоқ айтты Шляпник, «по минде мееӊ қарақ алында парчын тӱплет-парды… кенетки Көрӱкай Қозан анаӊ айтты…»

«Пир-да небе айтпадым!» қапчы аны тоқтадыбысты Көрӱкай Қозан.

«Чоқ, айтқан!» өштешти Шляпник.

««Мен парчын сөстербе ынабанчам!» теп, Көрӱкай Қозан. »

«Ол парчын небебе ынабанча,» айтты Король. «Протоколда аны паспылар!»

«Че, эткенде Соня айтқан,» қоруғарық Соняға көрӱп, айтты Шляпник. Соня тезе парчазынма ынаптыр—ол тыӊ пек усчаттыр.

«Анда мен қалеш кесбалғам,» пазок тееди Шляпник, «анаӊ қайақпа шилебистим…»

«Но небе айтты Соня?» по присяжныйлардың кем-кем сурабысты.

«Пилбенчам,» айтты Шляпник.

«*Пӱгӱнип* көрзең,» айтты Король, «эткенде мен сени өдӱрттирерге айдарым.»

Ырыс чоқ Шляпник қолунаң айақпа қайақтығ қалежин тӱжӱрӱбӱс-келип, пир азақпа тизекке тӱш-парды. «Мен қомый кижичек, Слердиң Величествовазы...» теп, пажады Шляпник.

«По шын, сеең эрбегиң ээдоқ қомый полтур,» тееди Король.

Минде пир талай шошқазы тың қолба шабыштырғаны, аны миндоқ *пазыбыстылар* (Эткенде по сөс нийк эбестиң ужун, мен саға ол ноо полғанын чооқтап-перейин. Чалчылар поғда қап албал-ып, анара ол шошқачақты пажынма төбӱн сал-салып, анаң қаптарын пағлап-салып, аağ ӱстӱнге одур-салғаннар.)

«По қайде полчытқанын көрӱп, мағат ӱргенчам,» теп, санады Алиса. «Мен маң-сайа пичиктерде қыырғам: „Карбажарға эткеннерин пазыбысқаннар...“ Ам по ноо небези, парчын оңнапчам-но!»

«Че, полар,» тедир Король Шляпникеге. «Оңнаған небеңни айдыбысқан ползаң, парб-одур» анаң аара айдыбысты Король.

«Мен тизектеримге турчат, пар-полбанчам» теп, айтты Шляпник.

«Эткенде *эмеқтеп* парзаң!» тееди Король.

Пашқа талай шошқачақ қолба шабыштырып, минде-оқ пастырыбысты.

«Че, талай шошқачақтарба перижерге тоозыбыстылар,» теп, санады Алиса. «Ам иш қапчаарақ парар.»

«Че, мен шай ижерге парайын,» сарынчылардың спискаларын қыырчытқан Королеваға қоруғарық көрӱп, айтдыбысты Шляпник.

«Сен пошсың,» айтты Король Шляпникеге. Шляпник машмақтарын да кезерге ундут-салып, чарғы қатпаштың шығара чӱтӱрӱбисти.

«...ташында ааң пажын кезибизаар,» Шляпник тезе ырақ полғанда, пир чалчыға айланып, ноо айтқанынға пирге четтире айдыбысты Королева.

«Қыырбалар көреечини,» тееди Король.

Көреечизы Герцогинянынъ чииш пыжырчытқан қат полтур. Қолунда ол перечницаны туттыр. Ол пазоқ чарғы қатпажынға кирбен-салды, эжик аалында одурчытканнары, парчазы пир кижи чилеп азырыбыстылар. Алиса ам кем кирерин, сыраңай пилиб-алды.

«Поқазанийлериң пеере пер,» тедир Король.

«Санабассым да,» тееди чииш пыжырчытқан қат.

Король сағышрашқанче Ақ Кроликаға көрӱбӱсти. «Слердиң Величестваға аны кресте-кресте сурабызарға керек,» сыбражыбысты Кролик.

«Че, кресте-кресте сурарға керек полза, крестеп сурарыбыс,» өстебисти Король, төжӱнде қолун крестеп-

салып, қарақ қаптарын қазыр эт-келип, анаң қарақтарынма қыйыр көрӱбискени, Алиса қоруқ-парды. Қалғанында Король қарслағанче, сурабысты: «Қатамаларды
нооның иштепчалар?»

«Көбӱзин перецтең,» тееди чииш пыжырчытқан қат.

«Кисельдең,» ааң кестинде узуғчы ӱнӱнме айдыбысты.

«По Соняни тудаар!» теп, Королева шийиктебисты.
«Пажын кезибизаар! Читкезинең қап, қачырар! Аны
пазыбызаар! Шимчибизаар! Сағалын кезибис!»

Парчазы Соняны тударға чӱгӱрдилер. Назыр-нузыр ла
пол-парды, қачен қалғанында, парчазы пазоқ пойларыңаң
черлеринге одур-салғаннарда, чииш пыжырчытқан қат
чит-партыр.

«Че, чақша,» ӱргӱннарық айтты Король. «Пашқа
көреечизын қыырбаларға ба!» Анаң Королеваға айланып,
көөче айдыбысты: «Ам, тынычағым, *пойуң* аны кресте-
кресте сурабыс. Меең пажым ағрыбысты.»

Ақ Кролик списқаба сыбрашты. «Маға маттап қынныг,
ам кемни ылар қыырбаларлар,» теп, санады Алиса.
«Ылардың пир-да улик чоқ полтур...» Санап ла көрзең,
қайде аға улуғ обал, улуғ кей пол-парған, қачен Ақ
Кролик чишке ӱнӱчегинме қысқырыбысты: «Алиса!»

Алисаның Показанийлери

«Миндизим!» теп, қыйғырыбысты Алиса, өкпеленген озуба, ол қалған минуттарды ааң сынычағы қай шени өс-парғанын ундудубыс-келип, қапчы черинең тура сергибискенде, юбқаның эдегинме присяжныйлер одурған тақтаны ойда ийдибисти, - тақта тескире аш-парып, анаң парчын присяжныйлер черге, одурчытқан кижилердиң паштарынға түш-пардылар. Ақтап пир недле алында қачен Алиса аквариумды тескире түжүрүбискенде, ол салтымда чатчытқан алтын палығаштар чилеп, ылар анда чат-қалдылар.

«*Тарынмылар, чақшылап!*» ачыйынма қыйғырыбысты Алиса, анаң қапчый присяжныйлерди чыып-турды; ааң пажыңнаң ол аквариума ноо полғаны шықпантыр-но, ол санаптыр по присяжныйлерди амоқ терибис-келип, нандыра одурған тақтыларынға одуртпан-салзаң, ылар ақ чарықтаң час-парарлар.

«Қачен парчын присяжныйлер черлеринге нан-келзилер, чарғылар иштерин пажарлар,» қанығып, айтты Король. «Пазоқ айтчам: парчазы! *Парчазы, пир кижи қалбан!*» Алисаның қарактарын албан, маңзрыбан айдыбысты.

Алиса присяжныйлерге көргени, ол маңзырығанче Билль теп клескенекти орнағашқа азақтарынма тескире ööре одурт-салтыр; қайран клескенеш қунанып, пойу пурулб-ызарға полбан, қузруқтарынма ла шабын-чаттыр. Қыс қапчы аны қаб-алып, чақша одурт-салып, сананды: «Əзе, по ақтап керектиг эбес. Чоқ пажын öре тут, чоқ төбÿн тут, по чарғыда ааң тузазы *пир-да* чоқ.»

Қачен присяжныйлер пойларынға киринип, кел-тӱшкенде чидирген грифелербе чардычақтарын нандыра алб-алып, ыларба ноо полғаның мағат кичен-келип, пас-турдылар. Пир ле Билль сағыжынға кирин полбан, ақсын адынсалып, ийги қарақтарынма тегриге қаза кӧрӱп, чукқа одуртыр.

«Ылардың иштеринең ноо оңнапчаң?» сурады Король.

«Пир-да небе,» айтты Алиса.

«*Ақтап* пир-да небе бе?» пазоқ сурабысты Король.

«Ақтап пир-да небе,» пазоқ айдыбысты Алиса.

«Ол тың керек небе,» присяжныйлерге айланып, тееди Король. Ыларға пазарарға ла эткеннеринде, ылардың аразыба Ақ Кролик кирди. «Слердиң Величествовазы, эзе, айдарға санапча: по керек *чоқ*,» теп, улуғлап, айтты. Ээде айдып, ол пойунға тарынып, Корольға қорғуштығ шырайларын кӧргӱстир.

«Эзе,» маңзрап Король айтты. «Ол аны мен айдаар эткем. Керек *чоқ*! Эзе, керектиг эбес!» Анаң чардық ӱнӱнме эрбектенди, ақтап оңнарға этчин чилеп, қайзы артық уғулчаның теп: «Керек… керек чоқ… керек чоқ… керек…»

Присяжныйлердиң қайлары пазыбыстылар: «керек» анаң пашқалары «керек чоқ». Алиса ылардың қыйзында тур-келип, парчын мағат кӧр-чаттыр. «Ааң пир-да значениязы чоқ,» теп, санады.

Ол темде Король пойуңнуң пасчытқан пичиқта ноо-нооны қапчығай пазыбыс-келип, қыйғырыбысты: «Шым поллар!» Анаң пичиксара кӧрӱп, қыырыбысты: «„Қырық ийгинчи чозағы. *Парчылары кемнең ӧскен сыны пир мильдең мӧзӱк полза, қапчығай по погда қатпаштың шығып, парыбыссын.*“»

Парчазы Алисаға қарақтарынма кӧрдилер.

«Менде пир-да миль *чоқ*,» теп, тарыныбысты Алиса.

«Чоқ, пар,» тедир Король.

«Сенде ийги мильдең ас полбас,» теп, айтты Королева.

«Пир-да черге парбассым,» тедир Алиса. «Анаң ол чозақ шын эбес. Слер аны амны пöгÿнÿп, пазыбысқанзаар.»

«По пичикта ол эңне эски чозағызы!» теп, Король ынабан-салды.

«Ол паштапқы полар керек!» сурабысты Алиса.

Король қубар-келип, маңзыра ноомычағын чабысты. «Пойларыңның чöптериң шығарарда, чақша пöгÿнмалар,» ол присяжныйлерге шымчан, тырлашчытқан ÿнÿнме айдыбысты.

Ак Кролик маңзыра черинең тура сергиди. «Слердин Величествовазы айтсаар,» тедир ол, «минде пазоқ уликалар пар. Амны пир документ табылды.»

«Ноо анда?» теп, сурады Королева.

«Мен аны қыырбан қалғам,» айтты Ақ Кролик, «мен тезе санағамда, ол қат найнаттырчынаң—кемге-кемге...»

«Эзе, кемге-кемге пазылған-но,» айтты Король. «Ол пир-да кижеге қазыр пичик паспанчалар-но. Индиг полбанча.»

«Кемге ол қазыр пичик пазылған?» присяжныйлердиң кем-кем сурабысты.

«Пир-да кижиге,» теп, Ақ Кролик айтты. Че, қачен кöргенде, кестинде пир-да небе пазылбантыр. Индиг сöспе ол қазыр пичикти аш-келип, айтты: «По қазыр пичик та эбес, по кер сöстер-но.»

«Найнаттырған кижинең почеркези бе?» пашқа присяжныйы сурабысты.

«Чоқ,» тееди Ақ Кролик. «Ол анаң аара маттап пÿдÿштиг эбес.» (Присяжныйлер актек полдылар.)

«Öткенде сен почеркең алақтырып иштебистиң,» теп, айтты Король. (Присяжныйлердиң сағыштары ажыл-парды.)

«Слердиң Величествовазы айтсаар,» айтты Валет, «мен ол пичикти паспам, ылар аañ шынын таппастар. Анда қол салыжы чоқ.»

«Ээде полза, чабал,» тедир Король. «Эткенде сен, ажа, пре чабал небе иштерге *санабыстың* ма, санабан ползаң сен ақтығ кижи чилеп, қолун ол пичик қатқа салар эдиң.»

Парчазы қолларынма шабыштылар: Король күн тооза одуруп, пир ле қада керсе сӧс айдыбыстыр.

«Ааң қыйалы *ажыл-парды*», айтты Королева. «Кезаар ааң…»

«Пир-да небе этпелар!» ынанман-салды Алиса. «Ол кер сӧстерде ноо пазылғанын, оңнабанчызаар да.»

«Қыыр аны!» кроликке айтты Король.

Ақ Кролик қарағынға очкезин кезб-алды. «Нооның пажарға, Слердиң Величествовазы?» теп, сурады ол.

«Паштаптың пажа,» улуғлап, айтты Король, «анаң тоозылғанче қыырбодур. Ужунға ла четсең, тоқтабыс!»

Айландыра шым-шырық пол-парды. Не, поны Ақ Кролик қыырыбысты.

> *«Оңнапчам, ааңма чооқташқаң,*
> *Эзе, пооңма ээдоқ чооқташқаң.*
> *Ол айтқан: „Магат эрке, че,*
> *Чӱзерге ле оңнап-полбанча.“*
>
> *Анда парчылары полганнар*
> *(Чарыкта тооза пилчытқаннары)*
> *Ол керекке чол перген ползаар,*
> *Слер ааң ужун айдарзаар.*
>
> *Ыларга ӱшти пердим, пеш—ылар,*
> *Ыларга алты перерге айтқазаар.*
> *Меең да ылар ползылар,*
> *Парчылары слерге нан-келдилер.*
>
> *Аңма по чабал ишкеге сен*
> *Пирбе кирбен полгазың,*

Арыштан-парғаннар теп,
Пир қатнап ол айтқан.

Ол, эзе, изиг полар-но,
Теген тартышпа мееңме.
Көрзең, чарныңнаң кезерге
Қорғужы чоқ полбас-но.

Аға оңнарга керек чоқ аны
(Кененде чооқтанма сен).
Өскелери ада-чашка полбан,
По чажыттарыбыс пистиң.»

«Ол маттап керек улиқа,» қолун чозунуп, эрбектенди Король, «пӱӱн парчын, ноо пис минде укқабыс, аңма теңнегенде қубарыпча. Ам присяжныйлер пöгӱнзиннер пойуңнун...»

Алиса аға тоозыбызарға пербен-салды. «Қачен қай пирези маға по пасқан кер сöстерди чооқтап перген полза,» тедир Алиса, мен аға алты пенсылар перерим (Қалғанче қанче-қанче минутқа ол пазоқ öс-келди, ам ол пир-да небенең қоруқпан-чаттыр.) «Анда пир керсе сағыш чоқ теп иженчам!»

Присяжныйлер пазыбыстылар: «Анда пир керсе небе чоқ полғанын, *ол* оңнапча,» ол кер сöстерде ноо сағыштар полғанын пир кижи да чарыт-пербеди.

«Анда пир керсе небе полбанда,» айтты Король, «ол чақша: ыларды чарыт-перерге да керек чоқ. Че, сананда... » Минде ол кер сöстерди тизектеринге сал-салып, чабық қарағынма ыларға көрӱбӱзип, айтты: «Мен пирее керсе небе, ажа, пар полар-но „...*Чӱзерге ле оңнап-полбанча...—*"» Анаң Валетқа айланып, Король сурабысты: «Сен чӱзерге оңнабанчаң-но?»

Валет қунанып, пажынма чайқаныбысты. «Қайаға маға!» айтты ол. (Шын-но—ол қаттың иштеткен полтур.)

«Че,» пазоқ ол кер сӧстерге эңчей-келип, айтты Король. «„Чарыкта тооза пилчытқаннары“... эзе, ол присяжныйлердиң ужун-но... „Ол керекке чол перген ползаар“... по Королеваның ужун полар эди... „Слер ааң ужун айдарзаар“... Эзе, қаченда ээде полар-но!... „Ыларга ӱшти пердим, пеш—ылар“... ол пееде қатамаларба иштебистир-но!»

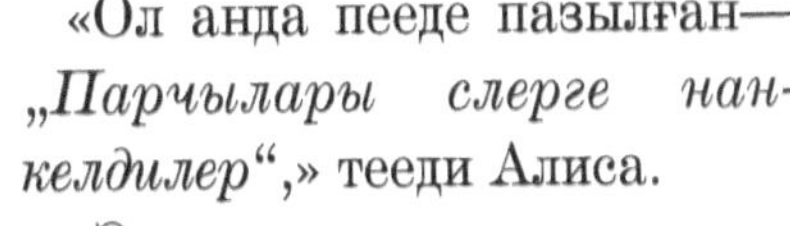

«Ол анда пееде пазылған— „Парчылары слерге нан-келдилер“,» тееди Алиса.

«Эзе, қарча нан-келгеннер,» пақтанып, падырбажынма қатамалар чатчытқан тергиге кӧргӱс-келип, қыйғырыбысты Король. «Ол шын-но! „Ол, эзе, изиг полар-но“» теп, Королеваға кӧрӱп, ол эрбектенибисти: «Сен, тынычағым, изиг чӱректигзиң ма?»

«Ноо айтчазың-но, мен адаңмада пойым тудунчақ-қым,» тееди Королева, анаң чернильницаны Кичиг Билльге

шелибисти. (Қайран Билль чардычақты чол қалбанчынаң ужун чардычаққа қол паштарынма паспас эткени, пазоқ аақ чӱзӱнең ақчытқан чернилаға қол-паштарын шилеп-келип, қапчы пазып-турды.)

«„Чарнынаң кезерге…"» король қыырыбыс-келип, пазоқ Королеваға кӧрӱбӱсти. «Сен, тынычағым, қайы пирде чарнынаң кескең ме?»

«Пир-да,» тедир Королева. Анаң айланып, қайран Билльге қолунма кӧрдӱс-келип, қыйғырыбысты: «Аақ пажын кезаар! Пажын аақ чарнынаң!»

«А-а, пилчам,» теп, айтты Король. «Сен *кижи чарнынаң* кесчазың-но, *пойуқнуқ чарнынаң* эбес!» Ол ызайын-келип, айландыра кӧрӱбисти. Парчазы шым полтурлар.

«Ол қаламбур!» қанығып, қыйғырыбысты Король. Анаң парчазы қақтырыбыстылар. «Присяжныйлер тоолазын-нар, ол қыйалығ ба, қыйалығ эбес пе,» по кӱнде Король чегирби қада айдыбысты.

«Чоқ!» тедир Королева. «Чарғызын шығарзыннар! Аақ қыйалы пар ба, чоқ па—анаң да кӧрерибис!»

«Чарабас сӧстер айтчазаар!» тың айдыбысты Алиса. «Қайде ле индиг небе пажынға кирча!»

«Шым пол!» қаннаң қызыл шырайы қара парға кеп-тенип, қыйғырыбысты Королева.

«Санабассым да!» тееди Алиса.

«Аақ пажын кезаар!» теп, Королева полған ӱнӱнме қыйғырыбысты. Пир-да кижи черинең парбады.

«Кемге слер қорғуштығ поларзаар?» тедир Алиса. (Ол полған сынынға чедип, ӧс-партыр.) «Слер теген ле пир қолоданың қартызаар-но!»

Минде парчын қарталар ӧре кӧдӱрӱл-келип, Алисаның чӱзӱнге тӱштилер. Ол арий қоруққанче, ӧкпеленип, қыс-қырыбысты—ылардың шабынып турды… қачен сағыжын-ға киргени, ол суғ қажында қыс қаарындажының тизек-

130

теринге чат-чаттыр, ол көөчен ааң чӱзӱнең ағаштың
тӱшкен қуруғ пӱрлерди сыбраб-одурчаттыр.

«Алисам, эркечегим, усқанзаң!» тееди печези. «Қайде
ээде сен ӱӱр узабыстың!»

«Қайдығ мен пашқачыл тӱш тӱжебистим!» теп, айтты
Алиса анаң туңмазынға пажында полған, сен амны қырыб-
ысқан қайғаллығ чоруқтарын, чооқтап-перди. Қачен ол
чооғун тоозубысқанда, туңмазы аны тунчуқтап, айтты: «Ол

шын, тӱжӱң най-ла пашқачыл полтур! Ам ӱгеге шай ижерге маңзыра, эркечегим.» Алиса ööн позыба тура сергип, чӱтӱрчытқанда, ааң пажынаң индиг қайғаллығ тӱжеп-салған тӱштери шықпантыр-но.

Ааң улуғ печези тезе суғ қажында чат-қалтыр. Пажын қолунға сал-салып, кӱн тӱшчытқанынға кöрӱп, кичиг Алисаның полған қайғаллығ Чоруқтары пажыңнаң шықпан, уйға кирчытқанда, аға миндиг небелер кöрӱн-партыр.

Паштап Алисаны кöрб-алтыр—пазоқ кичиг қолларынма ааң тизектерин эбире ошқаныбысты, пазоқ аға ӱстӱнең поғда чылтырақ қарақтар кöртир. Ол Алисаның ӱннӱн уғуп кöртир, қайде ол қарақка тӱшкен шаштарын қабағынаң алыбызарға теп пажынма чайқан-чаттыр. Анаң укқаны: ааң эбире ноо полғаннары парчын тириглеп-парған ошқаш, Алисаның тӱжӱнге келген пашқачыл небелер, ааң айландыра турубусқаннарын, ээде кöрӱн-парды.

Мöзӱк öлең азақ алында сыбражыбысты—ааң эрте Ақ Кролик чӱтӱрӱбӱстир; кöлдең ырақ эбес қоруққан озуба шачылғанче Шышқанақ чӱзӱп, энибисти; анаң тудун-қабынчың небелердин сыңрақтары уғул-қалды—ол Кöрӱкай Қозан аң-арғыштарын тозулбас шайба сыйлап, ижит-чаттыр; Королева öткӱр ӱнме қысқырыбысты: «Паштарын кезаар!» Герцогиняның устуқтарында одур-чытқан шошқа-палачақ пазоқ чедирибисти, ааң эбире учуқчытқан айақтарба блюдцалардың сығырыжы ла уғулб-одурча. Пазоқ Грифтың қыйығыба чартычаққа пасчытқан грифельдин ығырағы уғул-қалды, анаң *пазындырған* шошқачақтың қысқырыжыба ырыс чоқ Пызапаш Ташпағаның сыықтажы ырақтаң уғулды.

Ээде қарақтарын чап-салып, ол Қайғаллығ Черлерде-оқ пол-парған чилеп, пöгӱнб-одурды. Эзе, ол оңнапчытқан полтур-но, қачен қарақтарын ажыбысса ла, олоқ айландыра эштештигбе антигле полар; ол салғын ла көл ÿстÿнÿнде сÿр-келип, шоққурды анаң коғаннарды ығы-лыштырып, өлеңни сыбыраштырар; по айақ-қажық сыңрақтары қойдың азылчытқан сыңрағы пол-парар, Короле-ваның қысқыр ÿннÿ—мал қадачының қыйғырыжы теп, пала улғажыба Грифонның қысқыжы—мал шуланың шуйуғы пол-парар, Пызапаш Ташпағаның сыыды (ол аны пилтир) рақта мÿÿрепчытқан инек ÿнÿлерибе пирге қаттыш-парар.

Қалғанында ла қайде ааң кичиг қыс туңмазы өзе-өзе, улуғ чашқа чет-парза, пойуңнуң чÿрегинде пала көөле-нежин шеберленгенче, айландыра оолстарды чыып-келип, по қайғаллығ ныбақтарды ыларға ыс-келип, көрб-одурар, қайде палылардың қарақтары чылтырар теп, ээде одуруп сананды. Ажа, Алиса оол-қыстарға ырақ тÿжÿнде көрген Қайғаллығ Черлер чооқтап, ыларба пирбе ÿргÿнÿшпе ачығ темнерин пөлÿжип, эрткен кичиг пала темнеринме ырыс чайғы темнерин пөгÿнб-одурар.